Amélie Nothomb

Reality-Show

Roman

Aus dem Französischen von Brigitte Große

Diogenes

Titel der 2005 bei Albin Michel, Paris,
erschienenen Originalausgabe: ›Acide sulfurique‹

Umschlagillustration: Francisco José de Goya,
Karnevalszene ›Das Begräbnis der Sardine‹,
um 1812/19 (Ausschnitt)

www.diogenes.ch
70/07/8/1
ISBN 13: 978 3 257 86157 0
ISBN 10: 3 257 86157 5

Wie immer freuen wir uns über Ihre Meinung zu diesem Buch. Bitte schreiben Sie an Susanne Bühler *(sb@diogenes.ch)*, gern mit ihrem vollen Namen und der Adresse Ihrer Buchhandlung.

Herzlichen Dank!

Erscheint im **März** 2007

Sperrfrist: Bitte nicht vor dem 21.2.2007 besprechen

Erster Teil

Dann kam der Tag, an dem das Leid der anderen ihnen nicht mehr genügte; sie wollten die Show.

Es war keine besondere Qualifikation notwendig, um verhaftet zu werden. Überall fanden Razzien statt, sie nahmen jeden, ausnahmslos. Ein Mensch zu sein war das einzige Kriterium.

An diesem Morgen war Pannonica in den Jardin des Plantes spazierengegangen. Die Organisatoren kamen in den Park und durchkämmten ihn gründlich. Pannonica fand sich in einem Lastwagen wieder.

Das war vor der ersten Sendung. Die Leute wußten noch nicht, was ihnen bevorstand. Sie waren empört. Am Bahnhof wurden sie in Viehwaggons verfrachtet. Pannonica sah mehrere Kameras, die ihnen folgten und sich nicht die geringste Regung ihrer Angst entgehen ließen.

Da wurde ihr klar, daß Widerstand nicht nur zwecklos, sondern besonders telegen war. Also behielt sie während der ganzen Fahrt ihre versteinerte Miene bei. Um sie herum weinten Kinder, Erwachsene schimpften, und Greise atmeten schwer.

Man brachte sie in ein Lager, das denen der Nazis vor noch nicht allzu langer Zeit relativ ähnlich war – bis auf eine offenkundige Ausnahme: Überall waren Überwachungskameras installiert.

Es war keine besondere Qualifikation erforderlich, um mitzumachen. Die Veranstalter ließen die Kandidaten aufmarschieren und wählten die mit den »markantesten Gesichtern« aus. Anschließend waren Fragebögen zum Verhalten auszufüllen.

Zdena, die noch nie eine Prüfung bestanden hatte, wurde genommen. Darauf war sie sehr stolz. Von nun an könnte sie sagen, daß sie fürs Fernsehen arbeite. Mit zwanzig, ohne Ausbildung, ihr erster Job – keiner in ihrer Umgebung würde sich mehr über sie lustig machen.

Anschließend wurden ihr die Regeln der Sendung erklärt. Die Verantwortlichen fragten, ob sie davon schockiert sei.

»Nein«, erwiderte sie, »das ist stark.«

Genau das sei es, sagte der Headhunter nachdenklich. »Und das wollen die Leute auch«, setzte er hinzu. »Öde Containergeschichten sind out.«

Auch in den anderen Tests, in denen ihre Fähigkeiten geprüft wurden, Unbekannte zu schlagen, anzubrüllen und willkürlich zu beschimpfen, ihre Macht spielen und sich nicht von Gejammer erweichen zu lassen, erzielte sie befriedigende Ergebnisse.

»Auf den Respekt vor dem Publikum kommt es an«, sagte einer der Verantwortlichen. »Kein Zuschauer hat unsere Geringschätzung verdient.«

Zdena stimmte ihm zu.

Ihr wurde der Posten eines Kapos zugeteilt:

»Von nun an heißen Sie Kapo Zdena.«

Der militärische Titel gefiel ihr.

»Nicht schlecht, Kapo Zdena«, sagte sie zu ihrem Spiegelbild.

Daß sie dabei gefilmt wurde, merkte sie schon gar nicht mehr.

In den Zeitungen war von nichts anderem mehr die Rede. Flammende Leitartikel erschienen, das öffentliche Gewissen kochte.

Das Publikum dagegen konnte von der ersten Ausstrahlung an nicht mehr genug bekommen. Die Sendung mit dem schlichten Titel »Konzentration« erzielte Einschaltrekorde. Nie zuvor war das Grauen so zum Greifen nah gewesen.

»Da passiert was«, sagten die Leute.

Die Kameras hatten genug zu filmen. Sie ließen ihre zahllosen Augen über das Barackenlager streifen, in dem man die Gefangenen untergebracht hatte: Latrinen, möbliert mit übereinandergestapelten Strohsäcken. Der Moderator wies noch auf den Uringestank hin und die feuchte Kälte, die durchs Fernsehen leider nicht rüberkämen.

Jedem Kapo standen ein paar Minuten zu, um sich vorzustellen.

Zdena konnte es kaum fassen: Über fünfhundert Sekunden lang hätte die Kamera nur Augen für sie. Und dem künstlichen Auge würden Millionen wirklicher Augen folgen.

»Nutzt die Gelegenheit, euch beliebt zu machen«, schärfte ein Organisator den Kapos ein. »Das Publikum hält euch für rohe Bestien. Beweist den Leuten, daß ihr auch Menschen seid!«

»Und denkt dran: Das Fernsehen ist auch eine Tribüne für Leute mit Ideen und Idealen«, sagte ein anderer, dessen lüsternes Lächeln schon verriet, welche Abscheulichkeiten er von ihnen zu hören hoffte.

Zdena fragte sich, ob sie Ideen habe. Das wirre Treiben in ihrem Kopf, das sie hochtrabend Denken nannte, trübte ihre Einschätzung allerdings nicht so sehr, daß sie diese Frage bejahte. Aber Sympathie zu erwecken, dachte sie, würde ihr bestimmt nicht schwerfallen.

Dieser naive Glaube ist weit verbreitet: Die Leute wissen nicht, wie häßlich Fernsehen macht. Zdena übte ihre Rede vor dem Spiegel, ohne zu bedenken, daß die Kamera nicht so nachsichtig war wie ihr Spiegelbild.

Die Zuschauer warteten schon ungeduldig auf die Folge mit den Kapos. Man würde sie so richtig verabscheuen können, das war klar, sie forderten ja den Haß geradezu heraus und würden ihm noch zusätzlich Munition liefern.

Und sie wurden nicht enttäuscht. Im Gegenteil, die Erklärungen der Kapos übertrafen an armseliger Gemeinheit die schönsten Hoffnungen des Publikums.

Besonders eine junge Frau mit kantigem Gesicht namens Zdena gab ihnen Grund genug, die Augen zu verdrehen.

»Ich bin zwanzig und will Erfahrung sammeln«, sagte sie. »Man sollte ›Konzentration‹ nicht verurteilen, finde ich. Man soll überhaupt nie urteilen, weil das steht einem nicht zu. In einem Jahr, wenn fertiggedreht ist, kann man sich eine Meinung bilden. Jetzt noch nicht. Es gibt ja Leute, die sagen, es ist nicht normal, Leuten so was anzutun. Aber ich frage: Was ist überhaupt normal? Was ist gut? Was ist schlecht? Das hängt doch von den Umständen ab.«

»Aber, Kapo Zdena«, unterbrach sie ein Organisator, »würden Sie das ertragen wollen, was die Gefangenen durchmachen?«

»Die Frage ist unfair. Man weiß ja gar nicht, was die Gefangenen denken, weil sie nicht gefragt werden. Vielleicht denken sie auch gar nichts.«

»Wenn ein Fisch bei lebendigem Leib zerlegt wird, schreit er auch nicht. Würden Sie daraus schließen, daß er nicht leidet, Kapo Zdena?«

»Die Frage ist gut, die merk ich mir«, antwortete sie mit einem breiten Lächeln, das nach Zustimmung heischte. »Wissen Sie, ich meine, die sind nicht umsonst Häftlinge. Da kann man sagen, was man will, aber ich glaube, das ist kein Zufall, wenn einer bei den Schwachen landet. Ich bin halt keine Tussi, kann ich dazu nur sagen, ich bin bei den Starken. Das ist schon auf der Schule so gewesen. Da hat es die Mädchen und Mäuschen gegeben, da war ich nie dabei, ich hab zu den Harten gehört. Die Mitleidsmasche war noch nie mein Ding.«

»Sie denken also, die Gefangenen versuchen nur, Mitleid zu erregen?«

»Klar. Die haben halt die bessere Rolle.«

»Sehr gut, Kapo Zdena. Danke, daß Sie so ehrlich waren.«

Verblüfft von dem, was sie da alles gesagt hatte, verließ Zdena das Gesichtsfeld der Kamera. Sie hatte gar nicht gewußt, daß sie sich so viele Gedanken machte. Bestimmt hatte sie einen guten Eindruck hinterlassen, dachte sie und freute sich.

Die Zeitungen schimpften wortreich über den zynischen Nihilismus der Kapos, besonders Kapo Zdenas, deren belehrende Äußerungen auf allgemeine Empörung stießen. Die Leitartikler zitierten als Highlight gern ihren Satz, die Gefangenen hätten die bessere Rolle. In Leserbriefen war die Rede von selbstzufriedener Dummheit und menschlichem Armutszeugnis.

Zdena konnte sich diese Welle der Verachtung, die über sie hereinbrach, nicht erklären. Keine Sekunde lang glaubte sie, sie habe sich womöglich falsch ausgedrückt. Schließlich kam sie zu dem Ergebnis, daß Journalisten und Zuschauer Angeber waren, die auf die kleinen Leute herabschauten und ihr ihre mangelnde Bildung vorwarfen. ›Und vor denen hab ich Respekt!‹ dachte sie.

Der kam ihr bald abhanden. Von da an galt ihre ganze Achtung den Organisatoren, der Rest der Welt war davon ausgeschlossen. ›Die urteilen wenigstens nicht über mich‹, war ihre Begründung. ›Das sieht man daran, daß sie mich bezahlen. Und sie zahlen gut.‹ Doch da täuschte sie sich: Die Verantwortlichen verachteten sie. Und verkauften sie für dumm. Das war unbezahlbar.

Andererseits wäre jeder Häftling, der es geschafft hätte, das Lager lebend zu verlassen, was allerdings ausgeschlossen war, als Held gefeiert worden. Das Publikum bewunderte die Opfer. Das war das Raffinierte an der Sendung: Sie zeigte sie nur im besten Licht.

Die Häftlinge wußten nicht, wer von ihnen gerade gefilmt wurde und was die Zuschauer zu sehen bekamen. Das war ein Teil ihrer Tortur. Wer zusammenbrach, mußte befürchten, besonders telegen zu sein. So ging mit dem Schmerz und der seelischen Belastung stets die schreckliche Scham einher, dadurch zur Attraktion zu werden. Tatsächlich waren hysterische Anfälle ein beliebtes Motiv.

Wenn auch nicht das einzige. Denn es lag im Interesse der Sendung, die Schönheit der gequälten Kreatur optimal zu präsentieren. So kamen sie auf Pannonica.

Pannonica wußte davon nichts. Das war ihre Rettung. Hätte sie geahnt, wie sehr sie im Brennpunkt stand, hätte sie nicht durchgehalten. Sie war überzeugt davon, daß ein sadistisches Machwerk wie »Konzentration« sich nur auf das Leid konzentrierte.

Also bemühte sie sich, keinen Schmerz zu zeigen.

Wenn die Häftlinge zum morgendlichen Appell antraten, wo die Arbeitsunfähigen selektiert und anschließend in den Tod geschickt wurden, verbarg sie Angst und Abscheu hinter einer Maske des Hochmuts. Tagsüber, wenn sie unter der Knute der Kapos den Schutt wegräumen mußten, der beim Bau eines nutzlosen Tunnels anfiel, zeigte sie keine Regung. Und wenn sich abends alle ausgehungert auf die widerliche Suppe stürzten, saß sie mit ausdrucksloser Miene am Tisch.

Pannonica war zwanzig und hatte das hinreißendste Gesicht, das man sich vorstellen kann. Vor der Razzia hatte sie Paläontologie studiert. Ihre Begeisterung für den Diplodocus hatte sie daran gehindert, allzuoft in den Spiegel zu schauen und ihre strahlende Jugend der Liebe zu weihen. Ihre Intelligenz machte ihre Schönheit noch erschreckender.

Die Verantwortlichen betrachteten sie zu Recht als höchsten Trumpf von »Konzentration« und setzten sie gern in Szene. Daß ein so schönes, anmutiges Mädchen sterben sollte und man noch live dabeisein würde, schuf eine unerträgliche, unwiderstehliche Spannung.

Bis es soweit war, wurde dem Publikum natürlich keiner der Genüsse vorenthalten, zu denen ihr Stolz einlud: die Schläge, die ständig auf ihren bezaubernden Körper niedergingen, nicht zu stark, um ihn nicht zu verschandeln, aber stark genug, um blankes Entsetzen hervorzurufen, und die Beschimpfungen der Kapos, die sich an ihr austoben durften – zur tiefsten Rührung des Publikums.

Als Zdena Pannonica zum ersten Mal erblickte, verzog sie das Gesicht.

So etwas war ihr noch nicht untergekommen. Was war das? Ihr waren schon massenhaft Leute begegnet, aber was auf dem Gesicht dieses Mädchens lag, hatte sie nie gesehen. Wobei sie sich nicht ganz sicher war, ob es auf dem Gesicht oder in dem Gesicht lag.

›Beides vielleicht‹, dachte Zdena mit einer Mischung aus Angst und Abscheu. Sie haßte dieses Etwas, das ihr solches Unbehagen bereitete. Es drückte ihr aufs Herz, wie wenn man etwas Schweres gegessen hat.

Nachts grübelte Zdena weiter. Allmählich wurde ihr klar, daß sie die ganze Zeit nur darüber nachdachte. Worüber genau, hätte sie aber nicht sagen können.

Tagsüber suchte sie möglichst oft Pannonicas Nähe, um sie heimlich zu beobachten; sie wollte verstehen, was sie an dieser Erscheinung so faszinierte.

Doch je mehr sie forschte, desto weniger begriff sie. Eine vage Erinnerung an den Geschichtsunterricht in der Schule stieg in ihr auf. Mit zwölf ungefähr hatte sie im Lehrbuch Bilder von Malern vergangener Jahrhunderte gesehen, schwer zu sagen, ob aus dem Mittelalter oder später. Da waren manchmal Damen – Prinzessinnen? Jungfrauen? – abgebildet, auf oder in deren Gesicht dasselbe Rätsel lag.

Als Halbwüchsige hatte sie gedacht, das sei reine Einbildung. Solche Gesichter gab es nicht. Das sah sie an ihrer Umgebung. Schönheit konnte es jedenfalls nicht sein, die Schönheiten aus dem Fernsehen hatten so was nicht.

Und dann auf einmal entdeckte sie so ein Gesicht an einer Unbekannten. Das gab es also doch. Und warum ging es einem bei diesem Anblick so schlecht? Warum war einem plötzlich so zum Heulen? Und war sie die einzige, der es so ging?

Das alles raubte Zdena den Schlaf. Tränensäcke hingen unter ihren Augen. Und die Zeitungen befanden, daß die Dümmste unter den Kapos einem Tier immer ähnlicher wurde.

Bei der Ankunft im Lager wurde den Gefangenen die Kleidung abgenommen und die vorschriftsmäßige Kluft ihrer Größe ausgehändigt: ein Pyjama für Männer, ein Kittel für Frauen. Eine in die Haut tätowierte Nummer war fortan der einzig erlaubte Name.

CKZ 114 (wie Pannonica jetzt hieß) war der Liebling des Publikums. Zahllose Zeitungsartikel über das hinreißende Mädchen, dessen Stimme noch niemand gehört hatte, erschienen, in denen ihre Schönheit und Klasse sowie der ihr eigene Ausdruck vornehmer Intelligenz hervorhoben wurden. Ihr Foto füllte die Titelseiten. Ob schwarz-weiß oder Farbe – sie kam immer gut an.

Zdena las einen hymnischen Leitartikel über »die schöne CKZ 114«.

Schön – das war es also. Zdena hätte nie gewagt, das selbst zu formulieren, da sie annahm, davon nichts zu verstehen. Aber sie war ziemlich stolz darauf, daß es ihr immerhin gelungen war, das Phänomen zu bemerken, wenn sie es schon nicht hätte erklären können.

Schönheit – das also war das Problem von CKZ

114. Die Schönheiten im Fernsehen hatten in Zdena nie so ein Unbehagen hervorgerufen, vielleicht waren sie ja nicht wirklich schön. »Konzentration« hatte Zdena gezeigt, was wahre Schönheit war.

Sie schnitt ein besonders gelungenes Foto von CKZ 114 aus und hängte es über ihr Bett.

Eine Gemeinsamkeit hatten die Häftlinge mit den Zuschauern: Sie kannten die Namen der Kapos. Die ließen auch keine Gelegenheit aus, ihre Namen herauszubrüllen, als müßten sie sich ständig ihrer Identität versichern.

Bei der morgendlichen Selektion hörte sich das zum Beispiel so an:

»Vor Kapo Marko steht man stramm.«

Bei der Arbeit am Tunnel:

»He, du da, heißt das, Kapo Jan gehorchen?«

Es herrschte eine gewisse Ähnlichkeit zwischen den Kapos, nicht nur, was Verschlagenheit, Brutalität und Dummheit anbetraf.

Alle waren sie jung, keiner über dreißig. Dabei hatte es an älteren, ja auch alten Bewerbern nicht gemangelt. Doch die Organisatoren waren der Ansicht, daß blinde Gewalt noch eindrucksvoller sei, wenn sie von jugendlichen, muskulösen Körpern mit rosigen Gesichtern ausging.

Ein besonderes Phänomen war Kapo Lenka, ein

draller Vamp, der nach Bewunderung gierte. Vor den anderen Kapos die Hüften zu schwingen und die Zuschauer zu bezirzen genügte ihr nicht; sie verführte sogar Häftlinge, indem sie ihnen ihr Dekolleté unter die Nase hielt und den Auserwählten geile Blicke zuwarf. Verbunden mit der erstickenden Atmosphäre der Sendung war diese Nymphomanie ebenso abstoßend wie aufreizend.

Und noch etwas verband die Gefangenen mit den Zuschauern: Sie kannten die Namen der Häftlinge nicht. Sie hätten die Namen ihrer Leidensgenossen gern erfahren, weil sie Solidarität und Freundschaft so bitter nötig hatten; aber eine Art Instinkt warnte sie vor der Gefahr eines solchen Wissens.

Und diese Befürchtung sollte sich als begründet erweisen.

Kapo Zdena suchte ständig nach Gelegenheiten, sich in der Nähe von CKZ 114 aufzuhalten. Unverändert galt die Regel: Wenn jemand willkürlich geschlagen werden sollte, dann CKZ 114.

Dank dieser Anweisung konnte Kapo Zdena die Pflicht vorschützen, um ihr Mütchen an der Gefangenen zu kühlen. Dabei legte sie einen besonderen Eifer an den Tag. Wie von Sinnen prügelte sie auf CKZ 114 ein, ohne allerdings die andere Vorschrift zu mißachten, die besagte, daß deren Schönheit intakt bleiben müsse.

Die Organisatoren hatten das bemerkt. Und sie mißbilligten es keineswegs: Das Wüten der verkörperten Roheit gegen die herzergreifende Zartheit von CKZ 114 war ausgesprochen telegen.

Einem anderen Zeichen von Kapo Zdenas Besessenheit maßen sie weniger Bedeutung bei: Sie nannte ihr Opfer immer beim Namen respektive bei seiner Nummer.

»Aufstehen, CKZ 114!« brüllte sie, oder: »Ich werde dir das Gehorchen schon noch beibringen, CKZ 114!« oder: »Du wirst dich noch wundern, CKZ 114!« Oder ein vielsagendes: »CKZ 114!«

Manchmal, wenn sie keine Kraft mehr hatte, weiter auf den fragilen Körper einzuschlagen, ließ sie ihn einfach zu Boden fallen und keuchte: »Wir sehen uns noch, CKZ 114.«

Es war bewundernswert, wie Pannonica angesichts dieser Behandlung stets Mut und Haltung bewahrte. Sie biß die Zähne zusammen und versuchte, jeden Schmerzenslaut zu ersticken.

In ihrer Einheit war auch ein etwa dreißigjähriger Mann mit der Nummer EPJ 327, der ihr Martyrium kaum ertragen konnte. Er hätte sich tausendmal lieber selbst schlagen lassen, als Pannonicas Torturen mit anzusehen. Eines Abends nach der Arbeit sagte er zu ihr:

»Kapo Zdena hat es auf Sie abgesehen, CKZ 114. Es ist zum Verzweifeln.«

»Wenn nicht sie, würde es jemand anderer tun.«

»Lieber wäre mir, es würde jemand anderen treffen.«

»Was soll ich denn machen, EPJ 327?«

»Ich weiß es nicht. Soll ich mit ihr sprechen?«

»Sie wissen, daß Sie kein Recht dazu haben, und es würde ihre Brutalität nur noch steigern.«

»Und wenn Sie mit ihr sprechen?«

»Dazu bin ich genausowenig berechtigt wie Sie.«

»Wer weiß. Sie ist von Ihnen besessen.«

»Meinen Sie, ich hätte Lust, mich auf ihr Spiel einzulassen?«

»Ich verstehe.«

Sie sprachen leise, aus Angst, die überall versteckten Mikrophone könnten ihr Gespräch mithören.

»Würden Sie mir Ihren Namen verraten, CKZ 114?« fragte EPJ 327.

»Zu anderen Zeiten hätte ich das gern getan. Hier wäre das, vermute ich, sehr unvorsichtig.«

»Warum? Mir macht es nichts aus, Ihnen meinen Namen zu sagen, wenn Sie wollen, ich heiße…«

»EPJ 327. Ihr Name ist EPJ 327.«

»Das ist hart. Ich möchte, daß Sie meinen Namen wissen. Und ich möchte auch Ihren wissen.«

Er war etwas lauter geworden in seiner Verzweiflung. Sie legte ihm einen Finger auf den Mund, und er zuckte zusammen.

Eigentlich wollten EPJ 327 und Kapo Zdena dasselbe: Auch sie hätte viel darum gegeben, den Namen von CKZ 114 zu erfahren. Vierzigmal pro Tag eine Nummer zu brüllen fand sie auf Dauer unbefriedigend.

Nicht umsonst tragen Menschen gewöhnlich Namen statt Nummern: Der Vorname ist der Schlüssel zur Persönlichkeit. Man kann darin das leise Klicken des Schlosses hören, das die Tür zu einem Menschen öffnet. Den metallischen Klang, der dieses Geschenk ermöglicht.

Die Nummer aber sagt über den anderen genausoviel aus wie der Personalausweis über die Person, nämlich nichts.

Als Zdena diese Grenze ihrer Macht entdeckte, wurde sie wütend. Sie, die so weitgehende, so ungeheure Rechte über ihre Gefangene besaß, war nicht in der Lage, deren Namen herauszukriegen. Er war nirgends verzeichnet – die Papiere der Häftlinge wurden bei ihrer Ankunft im Lager verbrannt.

Sie konnte ihn nur aus ihrem Mund erfahren.

Da sie nicht genau wußte, ob diese Frage erlaubt war, näherte sie sich der Gefangenen CKZ 114 heimlich während der Arbeit am Tunnel:

»Wie heißt du?« flüsterte sie.

Die Angesprochene sah sie erstaunt an.

»Dein Vorname!« flüsterte Zdena noch einmal.

Doch CKZ 114 schüttelte nur entschlossen den Kopf und machte sich wieder an die Arbeit.

Zdena packte ihren Schlagstock und prügelte so lange auf ihr Opfer ein, bis sie nicht mehr konnte. Da warf ihr die Unverschämte trotz ihrer Schmerzen einen spöttischen Blick zu, als ob sie zu ihr sagen wollte:

›So kriegst du mich nie klein!‹

›Ich bin vielleicht dämlich!‹ sagte sich Zdena. ›Ich will was von ihr und hau sie kaputt. Schön blöd, Zdena! Aber eigentlich ist es nicht meine Schuld. Sie hat mich geärgert und provoziert, da dreh ich eben durch. Das hat sie sich selbst zu verdanken!‹

Bei der Durchsicht der nicht entzifferten Bänder entdeckte sie das Gespräch von CKZ 114 mit EPJ 327. Sie klaute Penthotal aus der Krankenstation und injizierte EPJ 327 eine Dosis. Das Wahrheitsserum lockerte die Zunge des Unglücklichen, und es sprudelte nur so aus ihm heraus:

»Ich heiße Pietro, Pietro Livi, ich wollte es so gern sagen, ich wollte so gern ihren Namen erfahren, aber sie hatte recht, ihn mir zu verschweigen, sonst würde ich ihn dir verraten, Kapo Zdena, und dich hasse ich, du bist alles, was ich verachte, sie ist alles, was ich liebe, schön, anmutig, edel, wenn ich dich umbringen könnte, Kapo Zdena …«

Sie hatte genug gehört und schlug ihn zusammen. Die Organisatoren verwarnten sie: Sie habe nicht das Recht, Gefangene zu ihrem Privatvergnügen zu mißhandeln.

»Du kannst machen, was du willst, Kapo Zdena, aber vor der Kamera.«

Das Penthotal wurde beschlagnahmt.

›Ich bin der totale Trottel‹, dachte Zdena. ›Ich hätte das Penthotal CKZ 114 spritzen sollen! Jetzt krieg ich das Zeug nie wieder in die Finger und ihren Namen nie mehr aus ihr heraus. Vielleicht hat die Zeitung ja doch recht gehabt mit ihrer ‘selbstzufriedenen Dummheit’!‹

Es war das erste Mal in ihrem Leben, daß Zdena sich ihrer Bedeutungslosigkeit bewußt wurde und sich dafür schämte.

Sie überließ das Schlagen jetzt den anderen Kapos. Es fehlte nicht an Rohlingen, die sich am zarten Körper von CKZ 114 abreagieren wollten.

In der ersten Zeit verspürte Zdena einen Fortschritt. Das Bedürfnis zu zerstören, was sie faszinierte, hatte nachgelassen. Manchmal schlug sie andere Häftlinge, um nicht den Eindruck zu erwecken, sie drehe Däumchen. Doch das hatte keine Bedeutung.

Mit der Zeit aber trübte sich ihr Bewußtsein wieder. Sie konnte sich doch nicht so einfach aus der

Affäre ziehen! CKZ 114 erfuhr genausoviel Gewalt wie vorher. Die Hände in Unschuld waschen hieß ja nicht, daß man unschuldig war.

Etwas Dunkles in Zdena flüsterte ihr ein, daß ihre Grausamkeit etwas Besonderes sei, vielleicht sogar etwas Heiliges. Die Schläge der anderen dagegen unterwarfen CKZ 114 bloß dem allgemeinen Schicksal, dem blinden Schrecken, den gewöhnlichen Qualen.

Also beschloß Kapo Zdena, ihre Entscheidung zu bekräftigen, indem sie wie von Sinnen auf die Gefangene eindrosch. Diese beantwortete die Wiederkehr der Heimsuchung, die ihr sieben Tage lang erspart geblieben war, mit einem hilflosen Blick, als versuchte sie den Sinn dieses sonderbaren Verhaltens zu verstehen.

Zdena fragte sie wieder: »Wie heißt du?«, CKZ 114 gab wieder keine Antwort und hatte dabei diesen herausfordernden Ausdruck im Gesicht, als ob sie sagen wollte: ›Und du glaubst, daß ich in deiner Rückkehr eine Art Gnade sehe, für die ich mich bedanken sollte?‹

›Sie hat ja recht‹, sagte Zdena zu sich selbst, ›ich muß ihr einen Grund zur Freude geben.‹

EPJ 327 erzählte Pannonica von dem Verhör durch Kapo Zdena.

»Da sehen Sie, daß Sie meinen Namen nicht wissen dürfen!« rief sie aus.

»Dafür weiß sie jetzt meinen«, erwiderte er, »aber das ist ihr natürlich egal. Sie sind ihre einzige Obsession.«

»Ein Vorzug, auf den ich sehr gern verzichten würde.«

»Sie könnten daraus aber Vorteile ziehen, dessen bin ich mir sicher.«

»Ich will lieber nicht verstehen, was Sie damit meinen.«

»Ich meine das nicht beleidigend. Sie können sich gar nicht vorstellen, wie groß meine Hochachtung vor Ihnen ist. Und dafür bin ich Ihnen unendlich dankbar. Ich hatte nie so ein Bedürfnis nach Hochachtung wie in dieser Hölle.«

»Ich hatte noch nie so ein Bedürfnis nach Hochmut. Das ist das einzige, was mich aufrechterhält.«

»Danke. Ihr Stolz ist mein Stolz. Und ich habe den Eindruck, daß es den anderen hier genauso geht.«

Er täuschte sich nicht. Ihre Schönheit zog den Blick der Häftlinge magnetisch an.

»Wußten Sie, daß es ein französischer Jude war, der 1940 die erhabensten Worte zum Ruhm Corneilles fand?« fragte EPJ 327.

»Sie waren Lehrer?« fragte CKZ 114.

»Ich bin es noch. Ich weigere mich, das als Vergangenheit anzusehen.«

»Na, Kapo Zdena, gehst du bei CKZ 114 wieder so richtig in die vollen?« grinste Kapo Jan.

»Ja«, sagte sie, ohne seinen Spott zu bemerken.

»Die gefällt dir, was?« fragte Kapo Marko.

»Stimmt«, antwortete sie.

»Du schlägst sie gern, nicht wahr? Kannst dich kaum einkriegen?«

Zdena überlegte rasch. Ihr Instinkt riet ihr zur Lüge.

»Ja, ich mag es«, erwiderte sie schließlich.

Höhnisches Gelächter.

›Vor zwei Wochen wäre das noch nicht mal gelogen gewesen‹, dachte Zdena.

»Darf ich euch um etwas bitten, Jungs?« sagte sie laut.

»Kommt drauf an!«

»Laßt sie mir.«

Die Kapos brüllten vor Lachen.

»Einverstanden, Kapo Zdena«, sagte Kapo Jan, »du kannst sie haben – unter einer Bedingung.«

»Und die wäre?« fragte Zdena.

»Daß du uns davon erzählst.«

Am nächsten Tag während der Tunnelarbeiten sah Pannonica Kapo Zdena auf sich zukommen, den Schlagstock schon in der Hand.

Die Kamera umkreiste das Frauenpaar, das die Zuschauer so faszinierte.

CKZ 114 strengte sich noch mehr an, wohl wissend, daß ihr Eifer nichts helfen würde.

»Zack, zack, CKZ 114!« brüllte Kapo Zdena. »Nicht so lahm!«

Und schon prasselten Schläge auf sie ein.

Aber sie spürte nichts. Der Schlagstock war offensichtlich eine harmlose Imitation. CKZ 114 reagierte, indem sie den stets zurückgehaltenen Schmerz nun spielte.

Mit einem schnellen Blick auf Kapo Zdena las sie in deren vielsagender, eindringlicher Miene, daß nur sie beide von diesem Geheimnis wußten und es Zdena zu verdanken war.

Gleich darauf hatte Zdena sich wieder in einen ordinären Kapo verwandelt, der seinen Haß herausbrüllte.

Das ging eine Woche lang so. Dann stellte Kapo Zdena wieder ihre Frage:

»Wie heißt du?«

Pannonica antwortete nicht. Forschend blickte sie ihrer Feindin in die Augen. Dann nahm sie ihre Ladung Schutt, schleppte sie zum großen Haufen, kam zurück und füllte ihre Wanne von neuem.

Zdena stand mit verbohrter Miene da, als wollte sie ihr zu verstehen geben, daß sie sich nun für die Vorzugsbehandlung erkenntlich zeigen solle.

»Dein Name!« flüsterte sie.

Pannonica überlegte einen Augenblick und sagte dann:

»Ich heiße CKZ 114.«

Es war das erste Mal, daß ein Kapo sie sprechen hörte.

So bekam Zdena anstelle des Namens ein unverhofftes Geschenk: den Klang ihrer Stimme. Nüchtern, streng, klar. Eine Stimme von seltenem Timbre.

Zdena war so durcheinander, daß sie die ausweichende Antwort erst gar nicht bemerkte.

Auch anderen war das Phänomen nicht entgangen. Tags drauf erschienen zahlreiche Kolumnen unter der Überschrift: SIE HAT GESPROCHEN!

Es kam nur äußerst selten vor, daß Gefangene

sprachen. Die Stimme von CKZ 114 einzufangen war noch nie gelungen. Nie hatte man von ihr mehr gehört als ein leises Stöhnen unter den Schlägen. Und jetzt hatte sie etwas gesagt: »Ich heiße CKZ 114.«

»Das Beeindruckendste an dieser Aussage«, schrieb ein Journalist, »ist das *Ich*. Dieses Mädchen, das vor unseren Augen und zu unserer Empörung die größte Schande überhaupt erleidet, absolute Entmenschlichung, Erniedrigung und Gewalt, das Mädchen, dessen Tod wir mit ansehen werden, ja, das schon so gut wie tot ist, beginnt den Satz mit einem triumphierenden *Ich*, mit einer Selbstbehauptung. Welch beispielhafter Mut!«

Ein anderer kam zum entgegengesetzten Schluß:

»Es ist das öffentliche Eingeständnis einer Niederlage. Jetzt, da die junge Frau – endlich! – das Wort ergreift, erklärt sie die Kennzahl des barbarischen Schreckens zu ihrer nunmehr einzigen Identität und gibt sich damit geschlagen.«

Doch keiner erkannte die ungeheure Bedeutung dessen, was da passiert war. Die ganze Aktion war ein Austausch zwischen den beiden Frauen und hatte auch nur für sie einen Sinn. Und der war: »Ich bin bereit, mit dir zu sprechen.«

Die anderen Häftlinge hatten auch nicht mehr verstanden. Alle empfanden große Bewunderung für CKZ 114. Sie war ihre Heldin, deren Haltung ihnen den Mut zum aufrechten Gang wiedergab.

Eine junge Frau mit der Nummer MDA 802 sagte zu ihr: »Ich finde es gut, daß du dir nicht alles gefallen läßt!«

»Wenn es Ihnen nichts ausmacht«, erwiderte Pannonica, »würde ich das Sie vorziehen.«

»Ich dachte, wir sind Freundinnen!«

»Eben. Deshalb sollten wir das Du auch unseren Feinden überlassen.«

»Es wird mir schwerfallen, Sie zu siezen. Wir sind doch beide gleich jung.«

»Die Kapos sind auch gleich jung. Daran sieht man, daß Gleichaltrigkeit, sobald die Kindheit vorbei ist, nichts Verbindendes mehr hat.«

»Und Sie glauben, daß das Siezen etwas bringt?«

»Alles, was uns von den Kapos unterscheidet, ist absolut unverzichtbar. Alles, was daran erinnert, daß wir im Gegensatz zu ihnen zivilisierte Wesen sind.«

Diese Idee fand rasch Verbreitung. Bald duzte kein Häftling mehr einen anderen.

Das allgemeine Sie hatte Folgen. Zuneigung und Vertrautheit wurden dadurch nicht geringer, doch der gegenseitige Respekt wuchs enorm. Und das war kein bloß formaler Unterschied: Man schätzte einander mehr.

Das Essen war eine Katastrophe: Abends gab es nur trockenes Brot und einen Napf dünner Suppe, bei der es schon ein Wunder war, wenn einmal ein Stückchen Schale darin schwamm. Doch da der Hunger so groß war und die Kost so karg, wurde es von allen inbrünstig herbeigesehnt.

Wer die magere Ration bekam, machte sich schweigend darüber her. Man aß langsam, mit leerem Gesicht, und zählte die Bissen.

Immer wieder kam es vor, daß jemand am Ende seiner Mahlzeit zu schluchzen begann, weil er mit so wenig im Magen noch bis zum nächsten Abendessen ausharren mußte. Das war tatsächlich zum Weinen: nur auf diesen kläglichen Fraß hinzuleben und sonst keinen Grund mehr zur Hoffnung zu haben.

Pannonica konnte dieses Elend nicht mehr mit ansehen. Beim nächsten Essen begann sie ein Gespräch mit ihrer Einheit – als wären sie Gäste an einer üppig gedeckten Tafel. Sie sprach über Filme, die ihr gefallen hatten, und über Schauspieler, die sie bewunderte. Einer stimmte ihr zu, ein anderer regte sich auf, widersprach und erläuterte seinen Standpunkt. Die Lautstärke wuchs. Jeder bezog Stellung. Es wurde hitzig. Und Pannonica mußte lachen.

EPJ 327 war der einzige, der es bemerkte.

»Es ist das erste Mal, daß ich Sie lachen sehe«, sagte er.

»Ich lache, weil ich glücklich bin«, sagte sie. »Sie reden und streiten, als ob das hier von Bedeutung wäre. Es ist wunderbar!«

»Sie sind wunderbar. Sie haben sie vergessen lassen, daß sie Scheiße fressen.«

»Sie nicht?«

»Mir ist Ihre Macht nicht erst seit heute bewußt. Ohne Sie wäre ich längst tot.«

»So leicht stirbt man nicht.«

»Nichts leichter, als hier zu sterben. Arbeitsunfähigkeit reicht, und am nächsten Tag sind Sie tot.«

»Trotzdem kann man nicht beschließen zu sterben.«

»Doch. Das nennt man Selbstmord.«

»Nur wenige Menschen sind wirklich zum Selbstmord fähig. Ich bin da wie die Mehrheit, ich habe einen Überlebensinstinkt. Sie auch.«

»Ganz ehrlich, ohne Sie wäre ich mir da nicht so sicher. In meinem ganzen früheren Leben habe ich nie jemanden Ihrer Art kennengelernt: ein Wesen, dem man sein Denken widmen kann. Ich muß nur an Sie denken und bin vom Ekel erlöst.«

An Pannonicas Tisch gab es keine trübseligen Mahlzeiten mehr. Die umgebenden Einheiten begriffen das Prinzip und ahmten es nach. Niemand aß mehr schweigend. Der Speisesaal wurde zu einem lebhaften Ort.

Sie waren immer noch gleich hungrig, aber keiner brach mehr in Tränen aus, wenn er mit dem Essen fertig war.

Sie magerten immer weiter ab. CKZ 114, die schon bei ihrer Ankunft ziemlich dünn gewesen war, hatte die weiche Rundung ihrer Wangen eingebüßt. Das hob die Schönheit ihrer Augen noch mehr hervor, die Schönheit ihres Körpers jedoch verfiel.

Kapo Zdena machte sich Sorgen. Sie versuchte ihr Lebensmittel zuzustecken. CKZ 114 lehnte ab. Ihr graute bei der Vorstellung, was sie durch eine Annahme riskierte: Entweder würde Zdenas Geste von einer Kamera aufgezeichnet werden; dann wartete eine Strafe auf sie, die sie sich lieber nicht ausmalen wollte. Oder Zdenas Geste würde nicht von einer Kamera aufgezeichnet werden; dann wurde von ihr ein Dank erwartet, den sie sich ebensowenig ausmalen wollte.

Dabei starb sie fast vor Hunger. Schon die Vorstellung von dieser Tafel Schokolade, die sie zurückwies, machte sie krank vor Verlangen. Doch da ihr keine Lösung einfiel, blieb sie bei ihrem Entschluß.

Einmal bekam MDA 802 davon etwas mit.

Wütend stellte sie ihre Leidensgenossin nach der Arbeit zur Rede:

»Wie können Sie es wagen, Nahrungsmittel zurückzuweisen?«

»Das ist meine Sache, MDA 802.«

»Nein, das geht uns alle an. Sie könnten die Schokolade ja mit uns teilen.«

»Dann gehen Sie doch zu Kapo Zdena.«

»Sie wissen genau, daß sie nur an Ihnen interessiert ist.«

»Meinen Sie nicht, daß das für mich eher ein Grund zur Klage wäre?«

»Nein, jeder von uns wäre froh, wenn ihm ein Stück Schokolade angeboten würde.«

»Und der Preis, MDA 802?«

»Den bestimmen Sie, CKZ 114!« warf MDA 802 zornig hin und ging.

Pannonica dachte nach. MDA 802 hatte nicht unrecht: Sie handelte egoistisch. ›Den Preis bestimmen Sie!‹ Ja, es mußte eine Möglichkeit geben, zu verhandeln, ohne zu kapitulieren.

Zdena war nicht in der Lage, ihre Gedanken so in Worte zu fassen wie EPJ 327. Doch in ihrem Kopf konnte sie durchaus Vergleichbares beobachten. Das Gefühl des Ekels, über das er mit Pannonica gesprochen hatte, kannte sie nur zu gut. Und die Empfindung war so stark, daß sie ihr sogar einen Namen gegeben hatte.

Von frühester Jugend an hatte Zdena ein starkes Unbehagen verspürt, wenn man sie verachtete oder etwas verachtete, nur weil man es nicht begreifen konnte, wenn etwas Schönes willkürlich zerstört oder jemand fertiggemacht wurde, aus purer Lust, sich im Dreck zu wälzen und andere zum Lachen zu bringen, ein Unbehagen, das sie im Geiste Ekel nannte.

Sie hatte sich daran gewöhnt, mit solchen Gemeinheiten zu leben, weil sie dachte, es gehe allen so, ja manchmal hatte sie dem sogar Vorschub geleistet, um sich einzureden, daß sie nicht immer nur Opfer war. Ekel erregen, dachte sie, war besser, als ihm zu erliegen.

Ganz selten kam es vor, daß er sich verzog. Wenn sie Musik hörte, die sie schön fand, wenn sie einen stickigen Raum verließ und ihr eisige Luft ins Gesicht peitschte, wenn sich die ganze Schwere eines üppigen Festmahls in einem Schluck herben Weins auflöste, dann war das mehr als eine Atempause. Dann kippte der Ekel plötzlich in sein Gegenteil um, für das es kein Wort gab, nicht Gier, nicht Verlangen, nein, tausendmal stärker, eine Gewißheit von etwas unfaßbar Großem dehnte sich dann in ihr aus, bis ihre Augen aus den Höhlen traten.

Pannonica hatte diese Wirkung auf sie. Eine namenlose Empfindung für eine namenlose Person – es gab zuviel Unnennbares in dieser Sache. Zu welchem Preis auch immer – Zdena mußte den Namen von CKZ 114 erfahren.

Magerkeit war kein ästhetisches Problem, vielmehr ging es dabei um Leben oder Tod. Jeden Morgen wurden die Häftlinge gemustert: Wer zu dünn war, mußte vortreten und wurde weggebracht.

Manche stopften ihre Uniform mit Lumpen aus, um ihre Figur ein bißchen aufzupolstern. Man lebte in ständiger Sorge, zuviel abzunehmen.

Eine Einheit bestand aus zehn Personen. Pannonicas Denken kreiste nur um das Wohl ihrer Einheit, zu der auch EPJ 327 und MDA 802 gehörten. Deren mehr oder weniger unbewußter Druck, die Schokolade von Kapo Zdena anzunehmen, wurde ihr zunehmend unerträglich.

Die furchtbaren Umstände trieben ihren Hochmut auf die Spitze. ›Mein Name ist mehr wert als ein Stück Schokolade!‹ dachte sie.

Auch Pannonica wurde immer dünner. Publikumsliebling zu sein war keine Lebensversicherung. Die Organisatoren rieben sich schon die Hände bei der Vorstellung, welches Spektakel ihr Todeskampf vor zehn Kameras abgeben würde.

Zdena wurde allmählich angst und bange. Da die Gefangene sich beharrlich weigerte, etwas von ihr anzunehmen, schob sie ihr schließlich energisch eine Tafel Schokolade in die Kitteltasche. ›Zwei!‹ bedeutete CKZ 114 ihr mit einer Handbewegung. Von solcher Unverfrorenheit verblüfft, steckte Zdena ihr tatsächlich noch eine zweite Tafel zu.

CKZ 114 bedankte sich mit einem zerstreuten Blick. Ihr Hochmut war kaum zu fassen. ›Die hält sich wohl für was ganz Besonderes‹, dachte Kapo Zdena. Und fand, daß sie absolut recht damit hatte.

Abends verteilte Pannonica ihre Beute, was große Begeisterung auslöste. Die Riegel wanderten unter dem Tisch von Knie zu Knie und wurden hingebungsvoll verzehrt.

»Haben Sie die von Kapo Zdena?« fragte MDA 802.

»Ja«, sagte Pannonica.

EPJ 327 zog eine Grimasse, als er sich vorstellte, was das gekostet hatte.

»Und zu welchem Preis?« fragte MDA 802.

»Umsonst.«

EPJ 327 seufzte erleichtert.

»Kapo Zdena legt wohl Wert auf Ihr Leben«, bemerkte MDA 802.

»Da können Sie sehen, wie recht ich hatte, meinen Vornamen nicht zu verschleudern«, sagte CKZ 114, und alle lachten.

Das wurde zur Gewohnheit: Tag für Tag steckte Kapo Zdena ihr zwei Tafeln Schokolade in die Tasche, ohne einen anderen Lohn dafür zu bekommen als einen flüchtigen Blick.

Nach dem Abklingen der anfänglichen Erregung keimte in Zdena der Verdacht, daß ihr Schützling sie zum Narren hielt. Zdena gefiel sich in der Rolle der Wohltäterin, doch CKZ 114 benahm sich keineswegs so, als fühlte sie sich ihr irgendwie verpflichtet. Wenn sie sie wenigstens mit vor sprachloser Dankbarkeit strahlenden Augen angesehen hätte! Im Grunde genommen tat sie so, als stünde ihr die Schokolade zu.

›Sie übertreibt ein bißchen‹, dachte Zdena. Ihre Verbitterung wuchs von Tag zu Tag. Sie spürte wieder dieses erniedrigende Gefühl, das sie nur allzugut kannte: Verachtung.

Daß Kapos und Zuschauer sie verachteten, wußte sie, doch das war ihr egal. Die Verachtung von CKZ 114 allerdings machte sie krank. Jetzt bereute sie, ihren Schlagstock gegen einen Ersatz eingetauscht zu haben. Wie gern hätte sie die Namenlose ordentlich verdroschen. Noch schlimmer war der Eindruck, daß sie von deren ganzer Einheit verachtet wurde. Die machten sich sicher alle über sie lustig. Ob sie CKZ 114 die Schokolade entziehen sollte? Sie hatte noch kein bißchen zugenommen.

Bestimmt teilte sie die Schokolade mit den anderen. Deshalb schlug sie bei ihr nicht an. Die Schweine von ihrer Einheit nahmen ihr womöglich noch ihren Anteil weg. Und kümmerten sich einen Dreck um sie.

Unendlicher Haß auf die Gefangenen, die sich um CKZ 114 scharten, erfüllte Zdena.

Die Rache ließ nicht lange auf sich warten.

Als Zdena eines Morgens die Einheit ihres Schützlings inspizierte, blieb sie vor MDA 802 stehen.

Sie stand lange da, ohne ein Wort zu sagen, wohl wissend, daß dieses Schweigen ihr Opfer in Panik versetzte. Sie starrte die Gefangene an. Ob es an dem spitzen, frechen Gesichtchen lag, das wie das genaue Gegenteil ihres eigenen aussah? Oder daran, daß sie vermutlich mit CKZ 114 befreundet war? Jedenfalls konnte Zdena MDA 802 nicht leiden.

Die ganze Einheit hielt in Erwartung eines Schicksalsschlags den Atem an.

»Dünn bist du, MDA 802«, sagte Zdena schließlich.

»Nein, Kapo Zdena.«

»Doch, doch, du hast abgenommen. Kein Wunder bei der Zwangsarbeit und dem ewigen Hunger.«

»Ich habe nicht abgenommen, Kapo Zdena.«

»Wie, du hast nicht abgenommen? Steckt dir zufällig jemand heimlich Süßigkeiten zu?«

»Nein, Kapo Zdena«, widersprach die Gefangene, krank vor Angst.

»Dann sag nicht, du hast nicht abgenommen«, brüllte Zdena sie an, packte sie an der Schulter und stieß sie in die Reihe der Ausgesonderten zurück.

Das Kinn von MDA 802 begann krampfartig zu zittern.

Da geschah das Undenkbare.

CKZ 114 trat vor, nahm sie an der Hand und zog sie in die Reihe des Lebens zurück.

Als Kapo Zdena wutschnaubend auf sie zustürzte, um ihrem Urteil Geltung zu verschaffen, baute sich CKZ 114 vor ihr auf, sah ihr gerade in die Augen und sagte laut und deutlich:

»Ich heiße Pannonica.«

Zweiter Teil

Eine Ewigkeit verging, bis die Dinge wieder ihren Lauf nahmen.

Zdena stand wie angewurzelt vor der Frau, die nun mehr Identität hatte als irgend jemand sonst. Sie war selig, verblüfft, entrüstet, verstört, wie vor den Kopf geschlagen.

MDA 802 weinte still vor sich hin, fassungslos.

CKZ 114 starrte Kapo Zdena an und hielt sie mit ihrem intensiven Blick fest.

EPJ 327 betrachtete Pannonica und war hingerissen. Er fand sie so wunderbar wie ihren Namen.

In dem Saal mit den fünfundneunzig Bildschirmen jubelten die Organisatoren.

Die Kleine hatte wahrhaftig einen Sinn fürs Dramatische. Sie wußten nicht genau, ob sie verstanden hatten, was da passiert war; sie waren nur sicher, daß das Publikum, das sie zutiefst verachteten, garantiert nichts begriffen hatte. Und daß diese Szene zur Legende werden würde.

Schon riefen Journalisten an, um nach der Bedeutung des Ereignisses zu fragen. Sie bekamen zur Antwort, daß dieses sensationelle Vorkommnis in den Regeln des Spiels nicht vorgesehen sei. Die junge Gefangene habe eigenmächtig gehandelt, es sei eine Art Happening gewesen, dessen ganzer Wert in seiner Einzigartigkeit bestehe. Es werde also nicht wieder vorkommen.

Die Antwort fiel um so entschiedener aus, als sie das Wesen des Wunders nicht durchschauten.

Hatte es irgend jemand begriffen?

Zdena, einer Ohnmacht nahe, jedenfalls nicht. Sie hatte die Sphären des Verstandes weit hinter sich gelassen, so betäubt war sie von dem Gehörten, so verstört, den Namen jener erfahren zu haben, die ihr nicht aus dem Kopf ging.

Auch Pannonica nicht; da sie mit ihrem Namen ein Leben gerettet hatte, meinte sie eine Verhandlungsmethode entdeckt zu haben: ›Ein Name wiegt soviel wie ein Leben‹, dachte sie. ›Wenn jeder von uns das versteht und die Konsequenz daraus zieht, können viele Leben gerettet werden.‹

Die anderen Gefangenen auch nicht. Sie waren erschüttert von dem vermeintlichen Opfer ihrer Heldin, das sie als Kapitulation ansahen: CKZ 114 hatte sich, um die Freundin zu retten, von einem wohlgehüteten Schatz getrennt. War das der Anfang der Prostitution? Würde dieses Geschenk ihr nicht noch größere Opfer abverlangen?

Nur EPJ 327 ließ sich nicht täuschen. Er wußte, daß dieser Akt nicht wiederholbar war. Wenn jemand wie ein Betrunkener gegen einen Namen anrennt, der als Schutzwall dient, nennt man das Liebe. Also war das Ereignis, dem sie beigewohnt hatten, ein Akt der Liebe.

Das schreckliche an Wundern ist ihre begrenzte Wirkung. Eine Streitmacht namens Pannonica hatte MDA 802 ins Leben zurückgeholt und Kapo Zdena die Existenz des Heiligen offenbart. Aber die anderen, die »Konzentration« an diesem Tag tötete, hatte sie nicht retten und die Existenz des Heiligen nicht allen offenbaren können.

Und sie konnte auch die Zeit nicht daran hindern, ihren Lauf fortzusetzen. Die erschöpften, ausgehungerten Gefangenen wurden von den Schlägen der Kapos wieder zu ihrer Arbeit am Tunnel getrieben. Die Verzweiflung hatte sie wieder.

Viele von ihnen sprachen sich Mut zu, indem sie zu sich sagten: »Sie heißt Pannonica.« Sie wunderten sich selbst darüber, daß ihnen das soviel Kraft gab, aber es war so.

Beim Abendessen wurde Pannonica als Heldin gefeiert. Als sie hereinkam, skandierte der ganze Speisesaal ihren Namen.

An ihrem Tisch herrschte eine ausgelassene Stimmung.

»Tut mir leid«, sagte sie, »ich habe heute keine Schokolade von Kapo Zdena bekommen.«

»Danke, Pannonica«, rief MDA 802 ergriffen. »Sie haben mir das Leben gerettet!«

Pannonica begann die Theorie zu erläutern, die sie während der Arbeit am Tunnel entwickelt hatte: Alle könnten und müßten so handeln wie sie; auf diese Weise wäre es möglich, viele zum Tode Verdammte in die Reihe der Lebenden zurückzuholen.

Niemand widersprach. Alle hörten freundlich zu, bis ihr Vortrag zu Ende war.

»Wie auch immer«, sagte EPJ 327 schließlich, »wir werden Sie nie wieder anders nennen als Pannonica, nicht wahr?«

Und alle stimmten ihm zu.

»Es ist ein schöner Name«, warf ein Mann ein, der selten sprach, »ich habe ihn noch nie gehört.«

»Für mich wird er auf ewig der schönste Name der Welt sein«, sagte MDA 802.

»Und für uns alle wird er von nun an der Name des Edelmuts sein«, fügte EPJ 327 hinzu.

»Ich weiß gar nicht, was ich sagen soll«, erwiderte Pannonica.

»Während des Krieges«, begann EPJ 327, »war

Romain Gary Gefangener in einem deutschen Lager. Die Lebensbedingungen der Häftlinge waren ähnlich wie unsere. Ich muß Ihnen ja nicht erzählen, wie unmenschlich, nein, schlimmer: wie entmenschlichend das ist. Anders als hier waren die Häftlinge nach Geschlechtern getrennt. Romain Gary mußte mit ansehen, wie die Gefangenen im Männerlager zu armen Wilden, zu leidenden Tieren mutierten. Was sie dachten, war eine noch größere Tragödie, als was sie durchlitten. Und am meisten quälte sie ihr Wissen darum. Da ihre Menschlichkeit auf das Existenzminimum beschränkt war und sie sich dadurch auf das bloße Überleben erniedrigt sahen, sehnten sie ihren Tod herbei. Bis zu dem Tag, als einer von ihnen den genialen Einfall hatte, die Figur der Dame zu erfinden.«

Er hielt kurz inne, um eine Schabe aus seiner Suppe zu fischen, und fuhr gleich wieder fort: »Demnach sollten die Männer im Lager so leben, als ob unter ihnen eine Dame weilte, eine richtige Dame, der gegenüber sie sich entsprechend benehmen müßten, um nicht in ihrer Achtung zu sinken. Gesagt, getan. Von da an prägte diese Phantasiegestalt ihre Wirklichkeit. Und allmählich erkannten sie, daß das ihre Rettung war. Dank der Gesellschaft einer fiktiven edlen Dame hielt die Kultur wieder Einzug in ihr Leben. Beim Essen, das kaum besser als unseres war, wurde wieder geredet, es gab Geplauder, sogar Gespräche, es wurde aufmerksam zugehört. Man begegnete der Dame mit Ehrerbietung und sprach nur von Dingen, die ihrer würdig waren. Auch außerhalb dieser Gespräche wurde die Vorstellung, unter dem Blick einer Dame zu leben, den Häftlingen zur Gewohnheit, die sich in einer entsprechenden Haltung niederschlug. Die Kapos, vom neuen Lebensmut der Gefangenen überrascht, hörten etwas von einer Dame und nahmen Untersuchungen vor. Vergeblich stellten sie das ganze Lager auf den Kopf. Und dieser geistige Sieg der Gefangenen ließ sie durchhalten.«

»Das ist eine schöne Geschichte«, sagte einer.

»Unsere Geschichte ist noch viel schöner«, erwiderte EPJ 327. »Wir mußten die Figur der Dame nicht erst erfinden – sie existiert, sie lebt mitten unter uns, wir können sie sehen und mit ihr sprechen, sie antwortet uns, sie rettet uns, und sie heißt Pannonica.«

»Ich bin sicher, daß eine imaginäre Dame weit mehr Wirkung hätte«, murmelte Pannonica.

Einen weiteren fundamentalen Unterschied zu den Lagern der Nazis hatte EPJ 327 zu erwähnen versäumt: die Kameras. Und diese Auslassung sprach

Bände. Alle Gefangenen hatten die Kameras bald vergessen. Sie waren von ihrem Leiden zu sehr beansprucht, um noch daran zu denken, was für ein Schauspiel sie boten.

Diese teilweise Amnesie war ihre Rettung. Sosehr der wohlwollende Blick einer fiktiven Dame oder eines echten jungen Mädchens ihnen auch half zu überleben, sosehr wurden sie vom kalten, gefräßigen Auge der Maschine zu Sklaven erniedrigt und, was noch schlimmer war, der imaginativen Fähigkeiten ihres Geistes beraubt.

Jeder Mensch, der dauerhaft oder vorübergehend in der Hölle lebt, kann ihr trotzen, indem er sich Geschichten erzählt. Das ist die wirksamste mentale Technik überhaupt: So wird der ausgebeutete Arbeiter zum Kriegsgefangenen, der Kriegsgefangene zum Gralsritter usw. Jedes Unglück trägt sein Sinnbild und sein Heldentum in sich. Der Elendste, der seine Brust mit einem Hauch von Größe füllen kann, richtet sich wieder auf und jammert nicht mehr.

Außer er entdeckt die Kamera, die seinen Schmerz belauert. Dann weiß er, daß das Publikum ihn nicht als tragischen Kämpfer sieht, sondern als Opfer.

Von der *blackbox* besiegt, streckt er die epischen Waffen seiner inneren Erzählung. Und wird, was die Leute in ihm sehen: ein armer Kerl, zermalmt von einer äußerlichen Geschichte, das Existenzminimum seiner selbst.

Wo seine Abwesenheit am himmelschreiendsten ist, braucht man Gott am dringendsten. Bevor sie bei »Konzentration« gelandet war, hatte Gott für Pannonica nicht mehr bedeutet als für die meisten Menschen: Er war eine Idee. Sie fand es interessant, sich damit zu beschäftigen, und aufregend, sich die Verzückungen vorzustellen, die aus ihr hervorgehen konnten. Besonders faszinierend erschien ihr die Liebe Gottes, viel mehr als die berühmte Frage nach seiner Existenz: Die Apologetik war ein antiquierter Unfug, der bloß albernes Zeug hervorgebracht hatte.

Seit ihrer Verhaftung fühlte Pannonica ein schmerzhaftes Verlangen nach Gott. Sie hungerte danach, ihn bis zum Überdruß zu schmähen. Hätte sie eine höhere Wesenheit für diese Hölle verantwortlich machen können, wäre ihr wenigstens der Trost zuteil geworden, diese mit aller Kraft hassen und inbrünstig verwünschen zu dürfen. Doch die unbestreitbare Realität des Lagers war die Negation Gottes schlechthin: Die Existenz des einen bedeutete notwendig die Nichtexistenz des anderen. Man brauchte sich gar keine Gedanken mehr zu machen – die Abwesenheit Gottes war damit hinreichend bewiesen.

Es war kaum auszuhalten, keinen Adressaten für den ganzen Haß zu haben. Die Menschheit hassen? Sinnlos. Die Menschheit war doch nur dieser absurde Supermarkt, wo einem alles mögliche und dessen Gegenteil verkauft wurde. Da konnte man gleich eine Universalenzyklopädie hassen. Nein, das war kein Mittel gegen ihren großen Ekel.

Sie wollte das Grundprinzip hassen. Daraus erwuchs eine Art Wahn, bis sich eines Tages etwas in ihrem Kopf verschob: Da die Stelle vakant war, würde sie, Pannonica, Gott sein.

Über die Maßlosigkeit dieses Plans mußte sie erst einmal lachen. Und stutzte. Schon die schlichte Tatsache, daß sie einen Grund zum Lachen gefunden hatte, gab ihr zu denken. Die Vorstellung war abwegig und grotesk, gewiß. Doch das war ihr ziemlich egal. Wer das Lager kannte, war Abwegiges gewohnt.

Gott. Sie war für diese Rolle nicht geschaffen. Wer war das schon? Doch darum ging es nicht. Der Platz war leer – das war das Problem. Und sie würde ihn besetzen. Dann wäre sie das hassenswerte Grundprinzip. Das war weit weniger schmerzhaft, als nichts zu haben, das man hassen konnte. Das war aber noch nicht alles. Sie wäre in ihrem Denken Gott, und nicht nur, um sich zu schmähen.

Sie wäre Gott für alles. Es ging ja nicht mehr um die Schaffung der Welt. Dafür war es zu spät, das Böse gab es bereits. Was hatte Gott nach vollendeter Schöpfung eigentlich noch zu tun? Wahrscheinlich dasselbe wie ein Schriftsteller nach dem Erscheinen seines Buches: Liebe bekunden zu seinem Werk und Lobeshymnen, Spott oder Gleichgültigkeit entgegennehmen. Kritikern widersprechen, auch wenn sie im Recht sind, sofern die Fehler nicht zu beheben wären. Das Werk bis zum Ende lieben. Das war die einzige konkrete Hilfe, die man leisten konnte.

Noch ein Grund mehr zu schweigen. Pannonica mußte an Schriftsteller denken, die endlos über ihre Romane schwadronierten. Wozu sollte das gut sein? Hätten sie ihrem Buch nicht besser gedient, wenn sie ihm bei seiner Entstehung all die Liebe eingeflößt hätten, deren es bedurfte? Und wenn sie es nicht schafften, als es an der Zeit war, nützte es dem Buch dann nicht immer noch mehr, wenn sie es dennoch liebten, mit jener wahren Liebe, die nicht geschwätzig ist, sondern sich durch ein von starken Worten durchbrochenes Schweigen ausdrückt? Der Schöpfungsakt ist nicht das Problem – er ist berauschend; erst danach wird es schwierig.

Hier mußte Pannonica mit ihrem göttlichen Job

ansetzen. Natürlich nicht als Christus – die Rolle des Sühneopfers war ihnen ja schon durch die Sendung auferlegt. Sie würde Gott sein, der Ursprung alles Erhabenen und aller Liebe.

Konkret bedeutete das, daß sie die anderen lieben müßte. Das würde ihr schwer genug fallen, denn nicht alle Gefangenen waren liebenswert.

Nichts war natürlicher, als MDA 802 oder EPJ 327 zu lieben. Die zu lieben, von denen sie nichts wußte, erschien ihr auch ziemlich einfach. Die zu lieben, die ihrer Umgebung lästig fielen, war immerhin möglich. Man kann jeden lieben, solange man ihn verstehen kann.

Aber wie sollte sie ZHF 911 lieben?

ZHF 911 war eine Greisin. Erstaunlich, daß man sie nicht gleich von Amts wegen ermordet hatte, als sie im Lager eintraf, wie alle alten Menschen. Man konnte sich allerdings denken, warum: weil sie eine Hexe war.

Die Niedertracht hatte tiefe Furchen in ihr Gesicht gegraben. Ihr Mund war die Quelle des Bösen, das aus den typischen Runzeln boshaft verkniffener Lippen ebenso sprach wie aus ihren Worten. Sie fand bei jedem einen wunden Punkt, an dem sie ihn verletzen konnte. Worte waren ihre einzige Waffe. Sie war der lebende Beweis für die unheilvolle Macht der Sprache.

Schon im Zug, der die Gefangenen ins Lager gebracht hatte, war ZHF 911 aufgefallen, weil sie den Müttern, die ihre Kinder an die Brust drückten, prophezeite, welches Schicksal den Kleinen blühte: »Die Nazis haben die Bälger gleich als erste beseitigt. Und man kann es ihnen nicht verdenken. Diese plärrenden, pissenden Hosenscheißer machen doch nur Ärger, und dann sind sie auch noch undankbar! Hängt euer Herz nicht an sie, sie sind so gut wie tot. Pah, Gnädigste, was haben Sie denn von Ihrer Brut gehabt außer einem dicken Bauch?«

Die Mütter waren sprachlos vor Entsetzen. Männer mischten sich ein: »He, du altes Scheusal, willst du wissen, was man in Dachau mit den Senioren gemacht hat?«

»Warten wir's ab«, erwiderte sie.

Und tatsächlich: Im Gegensatz zu den anderen Alten wurde sie nach ihrer Ankunft im Lager verschont. Anscheinend hatten die Kameras schon während der Fahrt, als sie noch nicht ZHF 911 war, etwas vom Wesen dieser Frau eingefangen, das die Organisatoren hoffen ließ, sie würde auf unterhaltsame Weise die Moral der Gefangenen erschüttern. Ob sie darauf spekuliert hatte? Eher nicht. Es stellte sich bald heraus, daß ihr alles egal war.

ZHF 911 zu ergründen hieß das Böse ergründen.

Ihr Hauptmerkmal war eine vollkommene Gleichgültigkeit: Sie war weder für die Kapos noch für die Gefangenen, nicht einmal für sich selbst. Ihrer eigenen Person brachte sie nicht mehr Zuneigung entgegen als dem Rest der Welt. Jemanden oder etwas in Schutz zu nehmen schien ihr der Gipfel der Absurdität. Es machte ihr einfach Freude, zu jedem scheußliche Sachen zu sagen, weil sie Spaß daran hatte, Leid zu stiften.

Die systematische Beobachtung von ZHF 911 offenbarte noch weitere Züge des Bösen: Sie war träge. Ihre Kraft reichte nur zum Sprechen, darin war sie unerreichbar. Und wenn es ihr gelang, den Eindruck von Intelligenz zu erwecken, dann durch die Bosheit ihrer Bemerkungen, die Kummer und Verzweiflung säten.

Besonders schrecklich war die Erkenntnis, daß das niederträchtigste Wesen weit und breit zum Lager der Gefangenen gehörte und nicht zum Lager des Bösen. Aber es war logisch: Der Teufel ist das Trennende. ZHF 911 lähmte das Lager, das ohne sie vielleicht das Lager des Guten gewesen wäre, mit ihr aber nur ein klägliches, von inneren Streitigkeiten zerrissenes Häuflein von Menschen war.

Wie hätten sich die Gefangenen denn auf seiten des Guten wähnen können, wenn sie jeden Morgen auf den Tod der schrecklichen Alten hofften?

Immer wenn die Kapos die Verdammten des Tages aus der Reihe holten, mischte sich in die Furcht, selbst dazuzugehören, der Wunsch, daß es diesmal ZHF 911 treffen möge. Doch das geschah nie. Und nach jeder Selektion, der sie entgangen war, bedachte sie die Gefangenen mit einem triumphierenden Blick. Sie wußte, wie erwünscht ihre Eliminierung war.

Ein paar gute Seelen empörten sich über diese offenkundige Feindschaft. »Sie ist doch eine alte Dame«, gaben sie zu bedenken, »und nicht mehr ganz richtig im Kopf. Warum haßt ihr sie so? Sie kann doch nichts dafür!« Solche Reden provozierten Zwistigkeiten, die ZHF 911 zu Ohren kamen. ›Wenn sie mich nicht hätten, würden sie sich womöglich gut verstehen‹, dachte sie vergnügt.

Ihre Vipernzunge spritzte auch gegen die Kapos Gift – mit ihrem feinen Gespür für die treffenden Worte bezeichnete sie Kapo Lenka nicht etwa als Nutte, worüber die gelacht hätte, sondern als eine, die endlich mal durchgefickt werden müßte, was sie richtig in Rage brachte –, gegen die Organisatoren, die sie »Schmalspurnazis« oder »Adolfs für Arme« nannte, und gegen die Zuschauer, die sie als »Schafsköpfe« titulierte. Niemand konnte sie leiden.

Und das Schlimmste war ihr nicht einmal vorzuwerfen, weil es ihr gar nicht bewußt war: ZHF 911 heulte den Mond an. Fast allnächtlich gellten um Mitternacht durchdringende Schreie durchs Lager; das ging etwa fünf Minuten so und brach dann ab. Es dauerte eine Zeitlang, die Herkunft dieser Schreie zu orten. Bis die Barackengenossen der Alten sie schließlich verrieten, indem sie die anderen anflehten: »Befreit uns von dieser Wahnsinnigen, die ist doch kein Mensch mehr!«

Die Chefs rieben sich die Hände. Sie veranlaßten eine Aufnahme der nächtlichen Ruhestörung. Zuerst sah man das schlafende Lager, dann hörte man plötzlich ein grauenhaftes Geheul, die Kamera schien nach dessen Ursprung zu suchen und schwenkte dann in die Baracke, wo ZHF 911 stöhnend auf einem Strohsack saß und ein paar Minuten später benommen auf ihr Lager sank.

Das Phänomen wurde ausgiebig untersucht, ZHF 911 einem Verhör unterzogen. Sie sah aufrichtig erstaunt drein und stritt alles ab.

Nichts erschütterte die Moral der Gefangenen so sehr wie diese Manifestationen der Demenz. Wenn das Geheul ertönte, dachte jeder Häftling voll Wut: ›Bringt sie um! Greift sie euch morgen aus der Reihe!‹

Auch Pannonica schäumte vor Haß gegen sie und träumte von ihrem Tod. Sie konnte sich noch so oft zur Räson rufen – schließlich war es nicht ZHF 911, die »Konzentration« erfunden hatte –, beim Anblick dieses Scheusals wurden ihre Nägel zu Krallen. Und wenn sie es nachts brüllen hörte, hätte sie es am liebsten mit ihren eigenen Händen erwürgt.

›Wie leicht wäre es, Gott zu sein, wenn es ZHF 911 nicht gäbe!‹ Dieser absurde Gedankengang brachte sie zum Lachen. Natürlich wäre es leicht, Gott zu sein, wenn es das Böse nicht gäbe – dann brauchte man aber auch keinen Gott mehr.

Auf der anderen Seite gab es im Lager ein Kind, das merkwürdigerweise verschont geblieben war. Ein zwölfjähriges Mädchen, das nichts Besonderes an sich hatte. PFX 150 wirkte nicht älter, als sie war, irgendwie süß, ohne hübsch zu sein, und ihr erstaunter Gesichtsausdruck verriet ihre Unschuld. PFX 150 war ein braves Mädchen, das wenig redete. Sie verstand nicht, warum man sie am Leben ließ, und war sich nicht sicher, ob sie sich darüber freuen sollte.

»Worauf warten die?« fragte ZHF 911 laut und vernehmlich, wenn sie ihr begegnete. »Wann liquidieren sie dieses Gör?«

PFX 150 sagte nichts, sie war wohlerzogen. Pannonica aber war voller Zorn.

»Warum wehren Sie sich denn nicht?« fragte sie.

»Sie hat mich ja nicht angesprochen.«

Pannonica brachte ihr einen Satz bei, den sie ZHF 911 bei der nächsten Tirade entgegnen sollte.

Die Gelegenheit dazu ergab sich bald. Und PFX 150 deklamierte mit zarter Stimme:

»Worauf warten die? Wann befreien sie uns von dieser alten Vettel, die den Mond anheult?«

ZHF 911 lächelte.

»Das ist die Frage!« erwiderte sie. »Bei mir wissen sie nämlich, wozu sie mich behalten: damit ich euch euer sowieso schon scheußliches Leben noch weiter vermiesen kann. Aber welchen widerlichen Grund können sie dafür haben, dich zu verschonen, wo du doch so unwichtig bist und keinen störst?«

Darauf fiel dem verdutzten Mädchen nichts mehr ein. Als Pannonica kam, um ihr zu gratulieren, schleuderte sie ihr entgegen:

»Lassen Sie mich doch in Ruhe! Es war ganz richtig, nichts zu sagen! Jetzt habe ich mir Ihretwegen noch viel ärgere Sachen anhören müssen und bin ganz krank vor Angst. Kümmern Sie sich doch um Ihren eigenen Kram!«

Pannonica wollte sie in die Arme nehmen, um sie zu trösten, doch sie wehrte sich mit Händen und Füßen und schimpfte weiter: »Sie machen sich wichtig, als ob Sie für alles eine Lösung hätten, aber das ist gar nicht wahr, in Wirklichkeit machen Sie alles nur noch schlimmer!«

›Das wird mich lehren, mir eine Macht anzumaßen, die ich nicht habe‹, dachte Pannonica gekränkt.

Deshalb würde sie nicht auf ihre innere Göttlichkeit verzichten, sie beschloß jedoch, sie besser zu nutzen.

Wie fast jede Nacht weckte das Geheul von ZHF 911 Pannonica.

›Warum hasse ich sie dafür mehr als für ihre Gemeinheiten? Warum kann ich nicht gerecht sein?‹

Tatsache war, daß es dem ganzen Lager genauso erging: Der Wahnsinn der Alten war belastender als ihre Boshaftigkeit. Dieser wohnte nämlich eine ungewollte Komik inne, während das nächtliche Geheul nur die Erbärmlichkeit ihrer derzeitigen Existenz unterstrich.

Pannonica versuchte, das Geräusch zu analysieren. Es klang nicht wie das Krächzen einer Krähe, das hätte noch einen gewissen Charme gehabt. Eher wie das Kläffen eines Hundes, das allmählich anstieg, seinen Höhepunkt erreichte, wieder abnahm, verstummte und sich von neuem erhob.

Nach etwa fünf Minuten verkündete ein heiserer Spasmus (»Aaaah!«) das Ende.

Dann meinte Pannonica, noch etwas zu hören. ›O nein, jetzt geht das wieder los!‹ dachte sie. Sie spitzte die Ohren und runzelte die Stirn: Das war etwas ganz anderes, es hörte sich nicht wie die Stimme der Alten an, eher wie das klagende Piepsen eines Spatzes.

Die kaum hörbaren Schreie verstummten schnell. Aber sie verfolgten Pannonica. Zerrissen ihr das Herz.

Am nächsten Morgen zog sie vorsichtig Erkundigungen ein. Niemand hatte etwas anderes gehört als das Geheul der Alten. Das beruhigte sie aber keineswegs.

Während der Aufräumarbeiten am Tunnel überflutete Pannonica eine Welle von Haß bei dem Gedanken an die Zuschauer. Es war wie eine langsame Implosion, die von ihrem Brustkorb bis zu den Zähnen aufstieg und sie in Reißzähne verwandelte. ›Da sitzen sie vor ihrer Glotze und geilen sich an der Hölle auf, die wir durchleben. Und tun dann bestimmt noch ganz empört! Ich erwarte ja gar nicht, daß einer uns wirklich zu Hilfe eilt, aber ich würde Kopf und Kragen wetten, daß keiner von denen mal abschaltet oder auch nur das Programm wechselt!‹

Kapo Zdena kam vorbei, schlug und beschimpfte sie und wandte sich dann wieder anderen Tätigkeiten zu.

›Kapo Zdena hasse ich auch‹, dachte Pannonica, ›aber lange nicht so wie das Publikum. Sie ist wenigstens keine Heuchlerin, sie spielt ihre schändliche Rolle ganz offen. Und die, die mich schlägt, ist mir immer noch lieber als all jene, die dabei zuschauen, wie ich ihre Gemeinheiten abkriege. Es gibt eine Rangordnung des Bösen, und Kapo Zdena hat darin nicht den vordersten Platz.‹

Sie sah, wie Kapo Marko PFX 150 anschnauzte. Der Status des Kindes brachte weniger Schläge, dafür mehr verbale Attacken ein. Dem Mädchen war anzusehen, daß es sich nicht zu helfen wußte. Was sie durchmachte, erinnerte sie an die Schule, wo man auch von Erwachsenen angebrüllt wird, aber gleichzeitig erinnerte es sie an nichts, eine Schicht jugendlichen Gehorsams erstickte noch jeden Widerstandsgeist.

Unauffällig näherte sich Pannonica dem Mädchen und fragte:

»Was hat er zu Ihnen gesagt?«

»Ich hab gar nicht hingehört«, bekam sie zur Antwort, »nur so getan.«

»Bravo!« sagte Pannonica und dachte, daß Kinder ihre eigenen Methoden haben, sich zu helfen.

»Warum sagen Sie nicht du zu mir?« fragte das Mädchen. »Das wäre mir lieber.«

»Außerhalb des Lagers hätte ich bestimmt du zu Ihnen gesagt, und Sie hätten mich gefragt, ob Sie auch du zu mir sagen dürfen. Aber hier ist es ganz wichtig, daß wir einander mit allen Zeichen des Respekts begegnen, den die Kapos uns verweigern.«

»Und wie soll man zu den Organisatoren sagen?«

»Sie sprechen mit Ihnen?«

PFX 150 wirkte genervt. Sie ließ sich mit ihrer Antwort Zeit.

»Nein«, sagte sie schließlich. »Aber wenn ein Organisator oder ein Kapo mich etwas fragt, soll ich dann du oder Sie zu ihm sagen?«

»Man sollte jeden siezen.«

Dann kam Kapo Zdena und schrie sie an, sie seien zum Arbeiten da, nicht zum Schwatzen.

Sie wandten sich wieder der Arbeit zu, doch das kurze Gespräch ließ Pannonica nicht mehr los. Später fiel ihr auf, daß sie die ganze Zeit Schuberts *Erlkönig* im Ohr hatte. Normalerweise programmierte sie ihr Gehirn auf Symphonien von Saint-Saëns oder Dvořák, die ihr Energie für die schwere körperliche Arbeit gaben, doch die herzzerreißende Ballade rumorte in ihrem Kopf und untergrub ihre Kräfte.

Pannonica befragte die Gefangenen, die mit PFX 150 in derselben Baracke hausten. Sie bekam keine befriedigende Auskunft. Die meisten behaupteten, vor Erschöpfung so tief zu schlafen, daß sie nicht einmal das Geheul der Alten hörten.

»Aber sie schläft doch bei euch«, beharrte Pannonica.

»Ich bin so tot, daß mich rein gar nichts aufwecken könnte«, erhielt sie zur Antwort.

»PFX 150 ist ein liebes Mädchen«, hörte sie auch. »Sie ist so brav, von ihr hört man nie was.«

Abends bemühte sich Pannonica, das Gespräch wiederaufzunehmen. Das war nicht einfach. PFX 150 flüchtete sich in Belanglosigkeiten und war so schwer festzunageln wie ein Pudding. Pannonica versuchte es über einen Umweg:

»Was mochten Sie denn in Ihrem früheren Leben am liebsten?«

»Die Vögel«, sagte das Mädchen. »Sie sind so schön, so frei, sie können fliegen. Ich habe ihnen immer nachgeschaut. Ich habe mein ganzes Taschengeld dafür ausgegeben, Tauben auf dem Markt zu kaufen und freizulassen. Das war wunderbar: erst diesen warmen, bebenden Körper in beiden Händen zu halten und ihn dann in den Himmel zu werfen, wo er zum Herrscher der Lüfte wurde. Und in Gedanken bin ich mit ihnen mitgeflogen.«

»Gibt es im Lager Vögel?«

»Natürlich nicht. Vögel sind doch nicht blöd. Ist Ihnen das nicht aufgefallen? Es stinkt zu sehr.«

»Irgendwie sind Sie hier das Vögelchen im Lager«, sagte Pannonica voll Wärme.

»Hören Sie auf damit!«

»Habe ich etwas Schlimmes gesagt?«

»Vögelchen hier, Vögelchen da, ich will nicht, daß Sie mich so nennen!«

»Nennen Sie andere denn auch Vögelchen?«

Das Kind verstummte. Seine Lippen zitterten. Es verbarg sein Gesicht in den Händen. Und Pannonica bekam keinen Ton mehr aus ihm heraus.

In der folgenden Nacht versuchte Pannonica, wach zu bleiben. Doch sie wurde von einem bleiernen Schlaf überwältigt. Sie machte sich deshalb Vorwürfe: ›Gott würde nicht schlafen wie ein Stein, wenn er jemanden beschützen müßte!‹

In der nächsten Nacht hatte sie ihr Gehirn so gut programmiert, daß sie kein Auge zutat. Sie hörte nichts, nicht einmal die Alte, die es aus unbegreiflichen Gründen einmal versäumte, den Mond anzuheulen.

Die durchwachte Nacht hinterließ eine haßerfüllte Verzweiflung in ihr. ›Gott kennt solche Gefühle nicht‹, rügte sie sich. Sie wollte dennoch dabei bleiben, Gott zu sein. ›Es liegt mir nicht und macht mir auch keinen Spaß‹, dachte sie. ›Aber es muß sein.‹

ZHF 911 machte den Ausfall in der folgenden Nacht wieder wett: Sie heulte noch lauter als sonst und weckte so Pannonica, die sich schlaftrunken erhob und auf Zehenspitzen hinausschlich. Sie lief bis zur Baracke von PFX 150 und versteckte sich. Ein großer, hagerer Mann kam mit einem kleinen Körper auf den Armen heraus und hielt ihm mit einer Hand den Mund zu. Als er den Lichtstrahl vom Wachtturm durchquerte, sah Pannonica, daß er schon ziemlich alt war und einen eleganten Anzug trug.

Pannonicas Herz klopfte zum Zerspringen. Sie kauerte weiter im Dreck, während der Mann mit seiner Beute verschwand. Er blieb eine Ewigkeit weg, schien ihr. Bei seiner Rückkehr mußte er dem Kind nicht mehr den Mund zuhalten; es lag reglos in seinen Armen.

Er ging in die Baracke und kam allein wieder heraus. Pannonica heftete sich an seine Fersen und sah ihn schließlich im sogenannten Offiziersquartier verschwinden, wo die obersten Organisatoren untergebracht waren. Dann hörte sie, wie die Tür zweimal von innen versperrt wurde. Als sie wieder auf ihrem Strohsack lag, weinte sie vor Ekel.

Am nächsten Tag sah sie PFX 150 forschend ins Gesicht. Es war völlig ausdruckslos.

»Wer war der alte Mann heute nacht?« fragte sie.

Das Mädchen schwieg.

Pannonica schüttelte sie aufgebracht.

»Warum schützen Sie ihn?«

»Ich schütze mich.«

»Habe ich Sie bedroht?«

»Wirst du aufhören, das arme Kind zu belästigen!« brüllte Kapo Marko.

Über den Schutt gebeugt, kochte Pannonica vor Wut. Wie war es möglich, daß die Gefangenen, die in derselben Baracke schliefen, nie etwas gesehen oder gehört hatten? ›Die lügen bestimmt, diese Dreckskerle‹, dachte sie, ›die sterben doch vor Angst. Dann muß ich eben eingreifen.‹

Sie wartete, bis Kapo Zdena vorbeikam, und sagte zu ihr, sie wolle mit einem der Organisatoren sprechen. Zdena schaute sie so verdutzt an, als hätte sie nach gebratenem Truthahn verlangt. So ein Fall war offenbar nicht vorgesehen, denn Zdena wandte sich ohne ein Wort ab.

Sie mußte das Ansinnen aber höheren Orts vorgebracht haben, weil sie ihr bald darauf die Antwort ausrichtete: Das sei ausgeschlossen. Ob man dagegen keinen Einspruch erheben könne, wollte Pannonica nun wissen. Was sie denn glaube, wo sie sei? wurde sie beschieden.

Fieberhaft suchte sie den Rest des Tages nach einem Forum, das geeignet wäre, den Skandal öffentlich zu machen. Bis zum Abend hatte sie nichts gefunden. Im Speisesaal wäre sie fast geplatzt. ›Und wenn ich jetzt aufstehe und mein Wissen hinausschreie und damit alle zu Zeugen mache?‹ überlegte sie. ›Das würde nichts bringen. Im besten Fall einen Aufruhr, der in einem Blutbad endet. Im schlimmsten Fall gibt es gar keine Reaktion, und alle bleiben dumpf vor ihrem Fraß hocken. Dieses Risiko aber, daß mich anschließend alle hier anwidern, will ich nicht eingehen. Besser, ich greife direkt ein.‹

In der folgenden Nacht blieb die Alte wieder still. Pannonica wachte nicht auf und konnte PFX 150 nicht beschützen.

›Wenn diese Hexe nicht heult, schlafe ich tief und fest und kümmere mich um nichts!‹ ärgerte sie sich.

Tags drauf wurde sie wieder von dem Geheul aus ihrem Schlaf gerissen. Als sie zur Baracke des Mädchens kam, war der Mann schon weit weg. Ohne nachzudenken, rannte sie ihm hinterher und stellte sich ihm in den Weg.

Er blieb stehen und sah sie schweigend an.

»Lassen Sie das Kind los!« befahl sie.

PFX 150 schüttelte den Kopf und gab Pannonica unverständliche Zeichen.

»Lassen Sie sie los!« wiederholte sie.

Der Mann rührte sich nicht.

Da ging ihm Pannonica an die Gurgel und schrie: »Du läßt sie sofort los, ja!«

Mit einer Handbewegung stieß er Pannonica zurück und schleuderte sie zur Seite, dann wandte er sich dem Offiziersquartier zu. Sie umklammerte seine Beine, so daß er stürzte. Das Kind fiel in den Dreck. »Lauf!« schrie Pannonica, doch der Mann hatte PFX 150 am Knöchel gepackt, erhob sich wieder und schleifte sie hinter sich her.

Pannonica verfolgte ihn bis zu seinem Quartier.

»Du verdammter Drecksack!« fluchte sie. »Du machst es dir leicht! Sie ist eine Gefangene, ein kleines Mädchen, sie kann sich nicht wehren. Aber ich warne dich, alle werden davon erfahren. Ich werde es den Kapos sagen, die werden es deinen Vorgesetzten melden, ich werde das Publikum informieren, ich mache dir das Leben zur Hölle!«

Der Mann sah sie belustigt an, warf das Kind in den Raum und zog die Tür hinter sich zu.

Pannonica hörte noch das Geräusch eines Schlüssels im Schloß und dann nichts mehr. Diese Stille war beklemmender als jeder Klagelaut.

›Ich kenne nicht einmal die Stimme dieses Kerls. Er hat die ganze Zeit kein Wort gesagt‹, dachte sie.

Niedergeschlagen wartete sie vor der Tür. Vergebens. Das Mädchen kam nicht wieder heraus.

Als sie zur morgendlichen Musterung antraten, sah Pannonica, wie Kapo Marko die leichenblasse PFX 150 zurückbrachte. Sie lächelte ihr zu.

Kapo Jan war an der Reihe, die Verurteilten des

Tages auszusuchen. Normalerweise begutachtete er die gesamte Belegschaft und bestimmte dann, wer den Tod verdiente; diesmal griff er ohne zu zögern ZHF 911 und PFX 150 heraus.

Ein Schaudern durchlief die ganze Versammlung. Sosehr sie sich an das Böse gewöhnt hatten – die Verurteilung eines Kindes war etwas anderes. Sie konnten sich nicht einmal darüber freuen, die Alte endlich loszuwerden.

Zum letzten Mal hörten sie die Stimme von ZHF 911, die wie eine Mischung aus Krächzen und Hohngelächter klang:

»Gegensätze ziehen sich an, heißt es.«

Ihr war der Tod egal.

PFX 150 war so vom Schweigen betäubt, daß sie angestoßen werden mußte, um sich in Gang zu setzen.

Nie hatte Pannonica so sehr gelitten wie beim Anblick dieses Mädchens, das in den Tod ging.

Offensichtlich hatte Kapo Jan den Befehl erhalten, die beiden Frauen auszusondern.

›Wenn ich mich nicht eingemischt hätte‹, dachte Pannonica voll Entsetzen, ›wäre es nicht so dringlich gewesen, das Opfer loszuwerden.‹

Es war ein schrecklicher Tag. Der Geist des Mädchens irrlichterte durch alle Blicke.

Pannonica erlaubte es sich nicht, sich in die tiefsten Abgründe ihres Lebensekels fallen zu lassen. ›Ich habe einen schrecklichen Fehler begangen, das ist wahr, aber ich bin nicht der Ursprung des Bösen. Ich verzichte also darauf, Gott zu sein, aber nur, weil die Idee sich als schädlich erwiesen hat.‹

In diesem Moment sah sie die schmale Gestalt von MDA 802 unter der schweren Schuttlast schwanken. Sie lief hin, um der Freundin tragen zu helfen. Kapo Marko bemerkte es und stieß sie zurück.

»Was ist«, schrie er, »hältst du dich für Simon von Kyrene?«

Pannonica erbebte von Kopf bis Fuß. Aber was sie erschütterte, war nicht die Erkenntnis, daß einige Wärter offensichtlich nicht einmal für sich geltend machen konnten, rohe Bestien ohne Bildung zu sein, sondern daß Kapo Marko ihr unabsichtlich den richtigen Weg gewiesen hatte.

Simon von Kyrene – warum war sie nicht schon früher darauf gekommen? Die schönste Gestalt der Bibel – man mußte nicht an Gott glauben, um ihn wunderbar zu finden: ein menschliches Wesen, das einem anderen hilft, weil die Bürde für dessen Schultern zu schwer ist.

›Das ist von nun an mein höchstes Ideal‹, schwor sie sich.

Dritter Teil

Kapo Zdena steckte CKZ 114 wieder Schokolade zu.

Sie ließ sie kaum noch den Schlagstock spüren. Es ist sehr viel schwerer, eine Person zu schlagen, deren Namen man kennt.

Seit sie ihren Namen preisgegeben hatte, war Pannonica noch schöner geworden. Sein Glanz hatte ihren Glanz noch verstärkt. Man ist immer schöner, wenn man einen Ausdruck, ein Wort nur für sich hat. Sprache ist weniger praktisch als ästhetisch. Wenn man von einer Rose sprechen will und keinen Begriff dafür hat, sondern immer nur sagen kann: »das Ding, das im Frühsommer blüht und so gut duftet«, dann ist das Ding, um das es geht, sehr viel weniger schön. Und wenn der Begriff so ein prächtiges Wort ist wie etwa ein Name, dann ist es seine Vorsehung, Schönheit zu offenbaren.

Die Chiffre CKZ 114 hatte gereicht, die Gefangene zu bezeichnen, doch ihr Name trug Pannonica so sehr, wie sie ihn trug. Wenn man diese vier Silben in der Röhre des Kratylus zum Klingen brachte, kam eine Musik heraus, die ihr Gesicht war.

Wer Vorsehung sagt, meint manchmal Versehen. Manche Menschen werden von ihrem Namen nicht beschrieben. Da lernt man ein Mädchen kennen mit einem Gesicht, das nach Aurora aussieht – und entdeckt, daß Eltern und Freunde seit zwanzig Jahren Bernadette zu ihm sagen. Dennoch widerspricht so ein Makel nicht der unerbittlichen Wahrheit, daß es immer schöner ist, einen Namen zu tragen. Silben zu bewohnen, die ein Ganzes bilden, ist eines der großen Wunder des Lebens.

Die anderen Kapos unterstellten Zdena Mitleid und regten sich darüber auf.

»He, Kapo Zdena, du verprügelst sie ja gar nicht mehr, seit du ihren Namen kennst!«

»Wen denn?«

»Verarsch uns nicht!«

»Ach die! Ich schlage sie nur weniger, weil sie jetzt mehr gehorcht.«

»Das spielt doch gar keine Rolle. Disziplin war hier nie das Problem. Wenn du sie nicht mehr verprügelst, machen wir eben weiter.«

»Nein, Jungs, ihr habt's mir versprochen!«

»Du hast uns versprochen, daß du uns was erzählst.«

»Es gibt nichts zu erzählen.«

»Wirst schon was finden. Sonst können wir nichts mehr versprechen.«

Von da an traktierte Kapo Zdena Pannonica wieder mit simulierten Schlägen. Aber sie konnte sie nicht mehr beschimpfen.

›Anfangs gab es echte Schläge und einen Ersatz für den Namen‹, dachte Pannonica, ›jetzt gibt es Schläge mit einem Ersatz und einen echten Namen, mit dem sie mich nicht anschreien kann, weil er echt ist.‹

Um den Gedanken zu entfliehen, die zu nichts führten, beschloß Pannonica, sich EPJ 327 zuzuwenden. Daß ein Guter sie liebte, war ihr ein starker Trost.

Er suchte stets ihre Nähe. Immer wenn sich Gelegenheit bot, sprach er mit ihr. Er ahnte, daß sie die Liebe liebte, mit der er sie umgab. Und war ihr dafür dankbar: Sie war zum Sinn seines Lebens geworden.

»Ich habe mehr Lust zu leben, seit ich Sie kenne, merkwürdigerweise also, seit ich Gefangener bin.«

»Wenn Sie mich wirklich kennten, würden Sie das vielleicht nicht sagen.«

»Warum meinen Sie, daß ich Sie nicht wirklich kenne?«

»Um mich wirklich zu kennen, hätten Sie mich unter normalen Umständen kennenlernen müssen. Vor der Razzia war ich ganz anders.«

»Wie?«

»Ich war frei.«

»Ich könnte Ihnen jetzt antworten, daß sich das von selbst versteht. Aber ich sage Ihnen lieber, daß Sie es immer noch sind.«

»Heute muß ich mich anstrengen, frei zu sein. Das ist nicht dasselbe.«

»Zugegeben.«

»Ich war auch manchmal oberflächlich.«

»Das waren wir alle. Und zu Recht. Es ist eine Begabung, die Nichtigkeiten des Lebens zu genießen. Aber das sagt mir noch nicht, inwiefern Sie vorher anders waren.«

»Stimmt, ich finde die Worte nicht. Sie können mir trotzdem glauben.«

»Ich glaube Ihnen ja. Aber die Person, mit der ich hier in Berührung komme, ist eine wirkliche Person, auch wenn die Umstände unfaßbar sind. Ich darf also annehmen, daß ich Sie wirklich kenne, vielleicht sogar besser, als wenn ich Sie in Friedenszeiten kennengelernt hätte. Denn was wir hier erleben, ist Krieg. Und der Krieg offenbart das wahre Wesen der Menschen.«

»Diese Idee gefällt mir nicht. Das würde ja bedeuten, daß wir Prüfungen brauchen. Ich glaube, daß der Krieg nur eines unserer wahren Wesen enthüllt. Ich hätte Ihnen lieber mein Friedenswesen gezeigt.«

»Werden Sie mir Ihr Friedenswesen zeigen, falls wir durch irgendein Wunder diesen Albtraum überleben?«

»Ja, wenn ich dann noch dazu fähig bin.«

Zdena beobachtete diese Annäherung. Ihr gefiel das nicht. Am meisten ärgerte sie die Vorstellung, daß dieses Nichts, das sie, wenn ihr danach war, jederzeit verprügeln oder in den Tod schicken konnte, die größte Macht überhaupt besaß: der, die ihr nicht aus dem Kopf ging, zu gefallen. Sie wußte nur nicht genau, wie.

Zdena spürte die Versuchung, EPJ 327 aus der Reihe der Lebenden zu holen: Warum nicht die Konkurrenz ausschalten? Nur die Einsicht, daß er keine Konkurrenz für sie war, hinderte sie daran. Das hier war kein Turnier. Sie hielt es für klüger, seine Methoden zu studieren. Nur war ihr leider klargeworden, daß er zu der Sorte gehörte, die mit Worten verführte.

Und da war sie ihm unterlegen. Sie hatte sich nur ein einziges Mal in ihrem ganzen Leben für beredt gehalten: vor den Kameras von »Konzentration«, als sie sich dem Publikum vorstellte. Und wie das ausging, hatte sie ja gesehen.

Wie jeder Versager verachtete sie Menschen, die in dem brillierten, worin sie gescheitert war.

»Schönschwätzer« – so nannte sie diese Sorte – waren die Pest. Was fand Pannonica bloß an diesem Blabla, diesem Gegurre? Daß ein Gespräch auch einen Inhalt haben konnte, war ihr fremd. Leute, die quatschten, hatte sie in ihrer Jugend zur Genüge gekannt, die Leere ihrer wechselseitigen Monologe hatte sie noch im Ohr. Das war nichts für sie. Pannonica hatte sie in Bann geschlagen, ohne den Mund zu öffnen.

Doch entgegen ihren Überzeugungen mußte sie sich eingestehen, wie ergriffen sie von ihrer Stimme und der Wirkung ihrer Worte gewesen war.

›Das ist was anderes‹, sagte Zdena zu sich selbst. ›Die quatscht nicht. Wenn jemand redet, um was zu sagen, ist das schön.‹

Da keimte in ihr ein Verdacht: Womöglich redete EPJ 327 mit Pannonica, um ihr was zu sagen. Damit hatte er sie also gekriegt! Der Dreckskerl hatte was zu sagen!

Sie durchforstete ihr Inneres, ob sie »was zu sagen« hätte. Der Schock, den Pannonicas Worte in ihr hervorgerufen hatten, ließ sie eine Regel begreifen: »Was zu sagen« hieß, daß nichts daran überflüssig war, sondern daß man dadurch wichtige Informationen erhielt, die einen fürs Leben prägten.

Zdena war bestürzt, als sie in sich nichts fand, was dieser Beschreibung entsprach.

›Ich bin hohl‹, dachte sie.

Pannonica und EPJ 327 waren nicht hohl, das konnte man merken. Als Zdena diesen Unterschied erkannte, diesen Abgrund, der sie von ihnen trennte, litt sie entsetzlich. Sie tröstete sich mit dem Gedanken, daß auch die anderen Kapos, die Organisatoren, die Zuschauer und viele Gefangene hohl waren. Erstaunlich: Es gab viel mehr hohle Menschen als volle. Warum?

Das wußte sie nicht. Aber das Problem, das sie nun nicht mehr losließ, war: etwas zu finden, das ihre innere Leere füllte.

Der einzige Vorteil der Gefangenen war, daß sie als einzige nie auch nur eine Sekunde lang »Konzentration« gesehen hatten.

»Ich frage mich, welche Stellen das Publikum am meisten interessieren«, sagte MDA 802 während des Abendessens.

»Die Hinrichtungsszenen, da bin ich mir sicher«, sagte ein Mann.

»Das ist zu befürchten«, schloß Pannonica sich an.

»Gewalt«, meinte eine Frau. »Prügel, Gebrüll, dabei können sie sich abreagieren.«

»Wahrscheinlich«, sagte MDA 802. »Aber Gefühle kommen bestimmt auch gut an.«

»Und wer trägt Ihrer Meinung nach die meiste Schuld?« fragte EPJ 327.

»Die Kapos«, antwortete der Mann.

»Nein«, widersprach einer, der sonst nie etwas sagte, »die Organisatoren.«

»Die Politiker, die so eine Ungeheuerlichkeit nicht verbieten«, fand MDA 802.

»Und Sie, Pannonica, was denken Sie?« fragte EPJ 327.

Es wurde still, wie jedesmal, wenn sie im Zentrum stand.

»Ich denke, das Publikum trägt die größte Schuld«, antwortete sie.

»Sind Sie da nicht ein bißchen ungerecht?« fragte der Mann. »Die Leute kommen nach der Arbeit nach Hause, sie sind müde, leer, gelangweilt …«

»Es gibt noch andere Sender«, bemerkte Pannonica.

»Aber das Fernsehprogramm ist doch, wie Sie wissen, oft der einzige Gesprächsstoff, den die Leute haben. Deshalb müssen sie alle dasselbe sehen: um dazuzugehören und etwas zu haben, das sie mit anderen teilen können.«

»Dann sollten eben alle andere Sendungen sehen«, beharrte Pannonica.

»So sollte es sein, da haben Sie recht.«

»Sie sprechen davon wie von einem utopischen Ideal«, sagte Pannonica. »Dabei geht es nur darum, umzuschalten, das kann doch nicht so schwer sein.«

»Ich bin da anderer Meinung«, warf MDA 802 ein. »Sicher haben die Zuschauer unrecht. Aber gleich zu behaupten, daß sie die Hauptschuldigen sind … Sie bleiben in ihrer Nichtswürdigkeit doch immerhin passiv. Organisatoren und Politiker sind tausendmal krimineller.«

»Aber es ist das Publikum, das diese Schändlichkeiten billigt, also überhaupt erst ermöglicht«, erwiderte Pannonica. »Es ist doch das Publikum, das die Politiker hervorbringt. Und die Organisatoren sind bloß Haie, die durch jede Lücke schlüpfen, wenn es sich für sie lohnt. Die Schuld des Publikums ist es, ein lohnender Markt zu sein.«

»Meinen Sie nicht, daß die Organisatoren den Markt erst schaffen, so wie die Werbung Bedürfnisse schafft?«

»Nein«, sagte Pannonica, »die größte Verantwortung trifft jene, die bereit sind, eine Show zu sehen, die man so leicht abschalten könnte.«

»Und was ist mit den Kindern, wenn die Eltern arbeiten und sich keine Kinderfrau leisten können?« gab eine Frau zu bedenken. »Die kommen vor ihren Eltern aus der Schule, und keiner paßt auf, was die gucken.«

»Da sehen Sie es!« rief Pannonica. »Sie finden tausend Ausreden, tausend Gründe zur Nachsicht, tausend Entschuldigungen und mildernde Umstände, wo man bloß fest und klar sein müßte. Diejenigen, die sich im letzten Krieg für den Widerstand entschieden haben, wußten, daß es schwer, ja vielleicht hoffnungslos sein würde. Und doch haben sie nicht gezögert und sich in Ausflüchten verzettelt. Sondern sie haben einfach Widerstand geleistet, weil es keine andere Möglichkeit zu handeln gab. Man sollte Kinder nicht für Idioten halten. Ein konsequent erzogenes Kind ist nicht so dumm, wie man uns glauben machen will.«

»Ach, Pannonica hat eine soziale Utopie!« spottete der Mann.

»Nicht einmal das«, antwortete sie. »Ich plädiere für Stolz und Respekt, wo die anderen nur Verachtung übrig haben, sonst nichts.«

»Und Sie, EPJ 327, Sie sagen ja gar nichts, was meinen Sie?«

»Ich stelle mit Entsetzen fest, daß es hier nur eine einzige Person gibt, die bei ›Konzentration‹ mit Sicherheit nie zugesehen hätte, und das ist Pannonica. Daraus schließe ich, daß auf jeden Fall sie diejenige ist, die recht hat«, antwortete er.

Darauf schwiegen alle betreten.

»Sie hätten auch nicht zugesehen«, sagte Pannonica zu EPJ 327, als sie allein waren.

»Ich habe gar keinen Fernseher.«

»Das ist ein sehr guter Grund. Warum haben Sie damit hinterm Berg gehalten?«

»Sie sind es, auf die man hört. Ich sehe ein bißchen wie ein Lehrer aus, was ich ja auch bin.«

»Kein Grund, sich zu schämen.«

»Nein. Aber Sie können die Menschen elektrisieren. Sie haben vom Widerstand gesprochen. Wissen Sie, daß Sie die ideale Person wären, den Widerstand im Lager aufzubauen?«

»Meinen Sie?«

»Da bin ich mir sicher. Ich kann Ihnen nur nicht sagen, wie, weil ich davon keine Ahnung habe. Außerdem sind Sie ein taktisches Genie. Wie Sie mit diesem dramatischen Handstreich das Leben von MDA 802 gerettet haben – großartig. So etwas wäre mir nie eingefallen.«

»Ich habe nichts Geniales an mir.«

»Doch, das steht außer Frage. Ich zähle auf Sie.«

Die Rettung von MDA 802 war nicht geplant, dachte sie, das hatte sich aus dem Moment so ergeben, aus der Spannung des Augenblicks. Sonst unterschied sich ihr Denken kaum von dem der anderen Gefangenen, es war beherrscht von Ungewißheit, Angst, Hunger, Erschöpfung und Ekel. Pannonica bemühte sich, die Grübelei aus ihrem Kopf zu verbannen und durch Musik zu ersetzen. Sie rief sich den vierten Satz der *Orgelsymphonie* von Saint-Saëns ins Gedächtnis, damit sich ihr Körper ein Herz faßte, und das Andante aus Schuberts zweiter Symphonie, damit sich ihr Kopf ein Herz faßte.

Am nächsten Morgen während der Musterung hatte Pannonica plötzlich das sichere Gefühl, daß sie gefilmt wurde. Die Kamera war auf sie gerichtet, davon war sie überzeugt.

Ein Teil von ihr warnte sie vor kindlichem Narzißmus. Als sie klein war, hatte sie oft das Gefühl gehabt, daß ein Auge – Gott? ihr Gewissen? – ihr Tun verfolgte. Erwachsen werden hieß auch, nicht mehr an so etwas zu glauben.

Der heroische Teil ihres Wesens aber befahl ihr, trotzdem daran zu glauben und es sofort zu nutzen. Ohne zu zögern, wandte Pannonica ihr Gesicht der Kamera zu und sagte laut und deutlich:

»Schalten Sie den Fernseher ab! Sie sind die Hauptschuldigen! Wenn Sie dieser schrecklichen Sendung nicht so hohe Quoten einbringen würden, wäre sie längst eingestellt! Sie sind die wahren Kapos! Und wenn Sie uns beim Sterben zusehen, morden Ihre Augen. Sie sind unser Gefängnis, Sie sind unsere Qual!«

Sie verstummte und warf flammende Blicke in die Kamera.

Kapo Jan kam herbei und ohrfeigte sie, als wollte er sie köpfen.

Zdena ärgerte sich, daß er in ihrem Garten wilderte. Sie hielt seinen Arm fest und zischte ihm zu:

»Das reicht! Die Chefs sind im Bilde.«

Verdutzt sah er sie an.

»Denen fällt auch nichts mehr ein«, brummte er schließlich und ging.

Zdena schob Pannonica in die Reihe zurück, sah ihr tief in die Augen und flüsterte:

»Bravo! Ich denke wie du.«

Der Rest des Tages verlief ohne Zwischenfälle.

Pannonica war gebannt und elektrisiert vom Ausbleiben einer Sanktion für ihren Auftritt. ›Die Strafe wird schon noch kommen‹, dachte sie. Der Überraschungseffekt konnte sie nicht ewig schützen.

Ihre Leidensgenossen sahen sie bewundernd und betroffen an, wie man nur geniale Wahnsinnige betrachtet, die sich durch ihr verrücktes Tun ihr eigenes Grab schaufeln.

Sie las in diesen Blicken ihr Todesurteil, fühlte sich aber um so mehr in ihrem Entschluß bestätigt. Daß Zdena sie gerettet hatte und ihre Publikumsbeschimpfung guthieß, ließ sie das Schlimmste befürchten.

Abends beim Essen wunderten sich alle, daß sie noch am Leben war.

»Darf man wissen, was in Sie gefahren ist?« fragte MDA 802.

»Ich mußte an den Ausspruch eines algerischen

Helden denken«, sagte Pannonica: »›Wenn du redest, stirbst du; wenn du nicht redest, stirbst du auch. Also rede und stirb.‹«

»Versuchen Sie trotzdem, sich zu schützen«, sagte EPJ 327. »Wir brauchen Sie lebend.«

»Mißbilligen Sie mein Handeln?« fragte Pannonica.

»Ich billige es, und ich bewundere Sie. Das ändert aber nichts daran, daß ich Angst um Sie habe.«

»Sie sollten wissen, daß es mir nie besser ging. Und Kapo Zdena hat sich auch nicht davon abhalten lassen, mir die tägliche Ration Schokolade zuzustecken«, sagte sie und begann die Riegel zu verteilen.

»Wahrscheinlich hat sie noch keine Anweisungen bekommen, was mit Ihnen geschehen soll.«

»Sie hat das gar nicht erst abgewartet, sondern mir gleich gratuliert.«

Pannonica erzählte von Zdenas »Bravo, ich denke wie du«, was allgemeine Heiterkeit auslöste.

»Kapo Zdena denkt!«

»Und sie denkt wie unsere Galionsfigur!«

»Sie ist eine von uns!«

»Wir haben es ja schon immer geahnt, so wie sie uns anschreit und schlägt!«

»Sie ist eine empfindsame Seele!«

»Immerhin haben wir ihr etwas zu verdanken«, warf Pannonica ein. »Ohne die Schokolade wären einige von uns schon verhungert.«

»Der Grund für ihre Großmut ist ja bekannt«, knurrte EPJ 327.

Pannonica fühlte sich unwohl, wie immer, wenn EPJ 327 sich einen Kommentar zu Zdenas Leidenschaft erlaubte. In bezug auf Zdena ließ er, der sonst so nobel war, jede Seelengröße vermissen.

In dieser Nacht schlief Pannonica unruhig. Immer noch unter dem Eindruck ihres Auftritts, erwachte sie beim geringsten Geräusch und versuchte sich zu beruhigen, indem sie die Arme um ihren mageren Körper schlang.

Plötzlich schreckte sie hoch und sah Kapo Zdena neben sich, die sie mit ihren Blicken verzehrte. Rasch legte Zdena ihr die Hand auf den Mund, um ihren Schrei zu ersticken, und gab ihr ein Zeichen, ihr zu folgen.

Sie schlichen auf Zehenspitzen aus der Baracke.

»Beobachten Sie mich öfter so im Schlaf?« flüsterte Pannonica ihr zornig zu.

»Nein, es ist das erste Mal. Das ist wahr, ich schwör es dir. Warum soll ich dich anlügen, wo ich die Stärkere bin.«

»Als ob die Stärkeren nicht lügen!«

»Ich lüge viel. Aber nicht bei dir.«

»Was wollen Sie?«

»Dir was sagen.«

»Und was wollen Sie mir sagen?«

»Daß ich deiner Meinung bin. Die Zuschauer sind Schweine.«

»Das haben Sie mir schon einmal gesagt. Und dafür stören Sie meinen Schlaf?« Sie war selbst überrascht von ihrem herablassenden Ton. Aber sie konnte nicht anders.

»Ich wollte mit dir reden«, sagte Zdena. »Wir haben ja nie Gelegenheit dazu.«

»Vielleicht haben wir uns nichts zu sagen.«

»Ich habe dir was zu sagen. Du hast mir die Augen geöffnet.«

»Inwiefern?« fragte Pannonica ironisch.

»Über dich.«

»Ich habe keine Lust, über mich zu reden«, sagte Pannonica und wollte gehen.

Kapo Zdena hielt sie fest; ihre Arme waren viel muskulöser als die Pannonicas.

»Es geht um viel mehr als um dich. Du brauchst keine Angst vor mir haben. Ich will dir nichts Böses.«

»Man muß sich für eine Seite entscheiden, Kapo Zdena. Sie sind auf der anderen Seite, also wollen Sie mir Böses.«

»Nenn mich nicht Kapo Zdena. Sag einfach Zdena zu mir.«

»Solange Sie sind, was Sie sind, werde ich Sie Kapo Zdena nennen.«

»Ich kann nicht die Seite wechseln. Ich werde dafür bezahlt, daß ich Kapo bin.«

»Gräßlicher Grund.«

»Ich hätte vielleicht nicht Kapo werden sollen. Aber jetzt ist es zu spät.«

»Es ist nie zu spät, wenn man kein Monster mehr sein will.«

»Wenn ich ein Monster bin, bleibe ich es auch, wenn ich die Seite wechsle.«

»Das Monster ist doch der Kapo, nicht Zdena. Wenn Sie nicht mehr Kapo sind, sind Sie auch kein Monster mehr.«

»Was du vorschlägst, ist absolut unmöglich. Es gibt eine Klausel in unserem Vertrag, wo drinsteht, daß, wenn wir vor Ende des Jahres kündigen, wir selber zu Gefangenen werden.«

Das war vielleicht gelogen, dachte Pannonica. Aber sie hatte leider nicht die Möglichkeit, es zu überprüfen.

»Wie konnten Sie so einen Vertrag unterschreiben?«

»Es war das erste Mal, daß mich jemand haben wollte.«

»Und das hat Ihnen gereicht?«

»Ja.«

›Arm‹, dachte Pannonica, ›in jeder Hinsicht.‹

»Ich werde dir weiter Schokolade bringen. Und schau, was ich dir von meinem Essen aufgehoben habe.«

Sie streckte ihr ein kleines, rundes, goldenes Brot hin. Das war etwas anderes als die scheußlichen, trockenen Kanten, die für die Häftlinge bestimmt waren. Pannonica lief bei diesem Anblick das Wasser im Mund zusammen. Der Hunger siegte über ihre Befürchtungen. Sie nahm es und schlang es gierig hinunter. Zdena sah ihr zufrieden dabei zu.

»Und was willst du noch?« fragte sie.

»Die Freiheit«, sagte Pannonica.

»Die kann man keinem in die Tasche stecken.«

»Und an eine Flucht ist nicht zu denken?«

»Ausgeschlossen. Das Sicherheitssystem ist unangreifbar.«

»Und wenn Sie uns dabei helfen?«

»Was heißt uns? Dir will ich helfen.«

»Wenn Sie nur mir helfen wollen, Kapo Zdena, bleiben Sie ein Monster.«

»Laß mich mit deiner Moral in Ruhe!«

»Moral ist wichtig. Das könnte solche Sendungen wie ›Konzentration‹ verhindern.«

»Du siehst doch, daß es nicht geht, also!«

»Es könnte gehen. ›Konzentration‹ wird einfach abgesetzt.«

»Du träumst! Der größte Erfolg in der Geschichte des Fernsehens!«

»Ist das wahr?«

»Wir sehen jeden Morgen die Zuschauerquoten vom Vorabend, das haut einen um.«

Pannonica schwieg. Es war zum Verzweifeln.

»Du hast recht«, fuhr Zdena fort, »die Zuschauer sind Schweine.«

»Das ist keine Entschuldigung für Sie, Kapo Zdena.«

»Ich bin nicht so ein Monster!«

»Beweisen Sie es.«

»Ich schau die Sendung nicht.«

»Sie haben Humor!«

»Und wenn ich mein Leben riskiere, um dich zu befreien, wäre das ein Beweis?«

»Wenn es nur um mich geht, nicht unbedingt.«

»Was du verlangst, ist unmöglich.«

»Wenn Sie schon Ihr Leben aufs Spiel setzen wollen, dann sollten Sie wenigstens versuchen, alle zu retten.«

»Das ist nicht das Problem. Die anderen interessieren mich nicht und aus.«

»Ist das ein Grund, sie nicht zu befreien?«

»Klar. Weil wenn ich dich befreie, ist es nicht umsonst.«

»Was heißt das?«

»Das kostet was. Ich riskiere mein Leben doch nicht für nichts.«

»Das verstehe ich nicht«, sagte Pannonica, die zusehends versteinerte.

»Doch, doch, du verstehst das schon. Du verstehst es ganz genau«, sagte Zdena und versuchte, ihren Blick zu erhaschen.

Pannonica hielt sich eine Hand vor den Mund, als müßte sie gleich erbrechen.

Diesmal hielt Zdena sie nicht zurück.

Als sie wieder auf ihrem Strohsack lag, weinte Pannonica vor Ekel.

Ekel vor der Menschheit, die »Konzentration« diesen skandalösen Erfolg bescherte.

Ekel vor der Menschheit, zu der eine Zdena gehörte. Und sie hatte in ihr eine Verirrte gesehen, ein Opfer des Systems! Sie war viel schlimmer als das System, das sie hervorgebracht hatte!

Und schließlich Ekel vor sich selbst, die bei einem so niedrigen Wesen diese Wünsche weckte.

Solch einen Ekel hatte sie bisher nicht gekannt. Pannonica litt in dieser Nacht wie ein Tier.

Zdena kämpfte im Bett mit Gefühlen, die sie weder identifizieren noch auf einen Nenner bringen konnte.

Einerseits empfand sie eine Art Befriedigung. Sie wußte nicht genau, warum. Vielleicht weil sie mit der, die ihr nicht aus dem Kopf ging, ein so langes Gespräch geführt hatte. Das eher schlecht verlaufen war, aber das hatte sie erwartet, und es könnte sich ja noch ändern. Es war doch normal, an eine Befreiung Bedingungen zu knüpfen!

Andererseits gab es im Grunde ihres Herzens eine namenlose Verzweiflung, die im Laufe der Nacht an die Oberfläche drang.

Allmählich wich ihre Traurigkeit einem inneren Wüten: ›Ich stelle hier die Bedingungen, und wenn das dem Fräulein nicht paßt, hat es halt Pech gehabt. Die Macht gehört den Starken, was kostet, das kostet. Wenn du die Freiheit willst, mußt du dich fügen.‹

Und steigerte sich bis zu einem lüsternen Taumel: ›Um so besser, wenn dir vor mir ekelt! Ich mag es, daß du mich nicht magst, um so mehr werde ich den Preis genießen!‹

Am nächsten Morgen fielen EPJ 327 die Ringe unter Pannonicas Augen auf. Die unter Zdenas Augen bemerkte er nicht. Aber er sah, daß sie mehr Distanz zu Pannonica hielt, und war darüber irgendwie erleichtert.

Warum wirkte die Muse der Gefangenen so niedergeschlagen, so hoffnungslos? Das war gar nicht ihre Art. Selbst die härtesten Tage hatten dem Glanz ihrer Augen nie etwas anhaben können. Heute waren sie erloschen.

Doch bis zum Abend gab es keine Möglichkeit, mit ihr zu sprechen.

Draußen überschlugen sich die Medien. Die meisten Zeitungen brachten den Knaller auf der Titelseite. Manche zeigten Pannonica in Großaufnahme während ihrer Rede an das Publikum. Andere zitierten ihren ersten Satz in riesigen Lettern: ZUSCHAUER! SCHALTET DEN FERNSEHER AB! Andere den zweiten: IHR SEID DIE HAUPTSCHULDIGEN! Und ein paar hoben sogar den schlimmsten Vorwurf auf Seite eins: EURE AUGEN MORDEN!

Anschließend wurde die gesamte Rede wiedergegeben. Manche Leitartikler scheuten sich nicht, ihren Artikel mit den Worten aufzumachen: »Wie ich ja schon sagte …« In einigen Zeitschriften wurde behauptet, das Ganze sei von langer Hand geplant und das Mädchen für seine Aussagen bezahlt worden. In Leserbriefen wurde die Frage aufgeworfen, ob die Gefangenen auch Geld dafür bekämen, wenn sie sich töten ließen.

Abgesehen von diesen kläglichen Beiträgen aber herrschte weitgehend Einigkeit. Alle Medien glorifizierten Pannonica und gaben ihr ohne Abstriche recht. »Eine wahre Heldin!« schwärmten die Leute.

Beim Abendessen mußte Pannonica ihrer Einheit mitteilen, daß es keine Schokolade gab.

»Klar«, sagte MDA 802. »Das ist die Vergeltung für Ihre Publikumsbeschimpfung.«

»Da sehen Sie es«, sagte EPJ 327. »Gestern hat Kapo Zdena Ihnen noch gratuliert, heute ist sie die erste, die Sie bestraft. Da weiß man wenigstens, wie weit es mit ihrer Ehrlichkeit her ist.«

»Aber«, stammelte Pannonica, »daß es heute keine Schokolade gibt, haben Sie mir zu verdanken.«

»Das meinen Sie doch nicht ernst?« empörte sich MDA 802. »Ihnen haben wir es zu verdanken, daß wir hier seit Wochen Schokolade haben.«

»Genau«, bekräftigte ein anderer Häftling.

»Ohne meinen Auftritt gestern hätte ich auch heute Schokolade verteilen können.«

»Angesichts Ihres Heldenmuts verzichten wir heute abend mit Freuden auf die Schokolade«, rief eine junge Frau.

»Außerdem war die Schokolade nicht besonders, jedenfalls nicht meine Lieblingssorte«, bemerkte MDA 802 und sorgte damit für schallendes Gelächter.

»Danke, Freunde«, murmelte Pannonica. Sie schämte sich plötzlich, weil ihr das frische Brot vom Vorabend wieder eingefallen war, das sie verschlungen hatte, ohne an ihre Gefährten zu denken.

Vor lauter Gewissensbissen teilte sie ihren trockenen Kanten mit ihnen. Und alle fielen ganz selbstverständlich darüber her.

Auch am übernächsten Tag jubilierten die Organisatoren noch über die Einschaltzahlen:

»Das ist exorbitant! Solche Wahnsinnszahlen hatten wir noch nie!«

»Das Beste ist: Alle Medien haben ihr applaudiert, und das Ergebnis ist genau das Gegenteil von dem, was sie erreichen wollte!«

»Hoffentlich wendet sie sich noch mal ans Publikum!«

»Die Kleine ist ein echtes Showtalent!«

»Die muß ins Fernsehen!«

Allgemeine Heiterkeit.

Kapo Zdena steckte Pannonica keine Schokolade mehr zu.

»Konzentration« zog immer mehr Zuschauer an.

Hätte Pannonica um die Folgen ihrer mutigen Tat gewußt, hätte die ohnehin kaum erträgliche Verzweiflung ihren Gipfel erreicht.

Journalisten fiel ihre traurige Miene auf. Sie wurde allgemein darauf zurückgeführt, daß sie für ihre Erklärung vermutlich bestraft worden sei. Die Zeitungen verlangten die Erfüllung ihrer Forderungen: »Schließlich hat sie für ihren Heldenmut einen hohen Preis bezahlt.«

Doch die Quoten stiegen unaufhörlich.

Ein Kommentar beschäftigte sich mit diesem

abartigen Phänomen: »Es ist widerwärtig: Je mehr sie sich empören, desto mehr sehen sie zu!« Das Paradoxon wurde von sämtlichen Medien aufgegriffen und ausgewalzt.

Das Publikum der Sendung erreichte eine nie gekannte Größenordnung.

In den Abendnachrichten ging ein Sprecher auf den morgendlichen Kommentar ein: »Je mehr wir über ›Konzentration‹ sprechen, je mehr wir die Grausamkeit der Sendung geißeln, desto besser läuft sie. Schweigen wäre eine Lösung.«

Der Aufruf zum Schweigen erzielte in den Medien ein sagenhaftes Echo. SCHWEIGEN WIR! stand am nächsten Tag in allen Zeitschriften auf Seite eins. Die auflagenstärkste Tageszeitung füllte die ganze Titelseite mit einem einzigen Wort: SCHWEIGEN! Und die Radiostationen wiederholten für jeden, der es hören wollte, daß sie nichts, aber auch gar nichts mehr zu diesem Thema verlauten lassen wollten.

Die Zuschauerzahlen von »Konzentration« sprengten alle Rekorde.

»Immer noch keine Schokolade?« wurde Pannonica eines Abends beim Essen von einem Mithäftling gefragt.

»Hören Sie auf!« herrschte MDA 802 ihn an.

»Tut mir leid«, antwortete Pannonica.

»Das ist doch unwichtig«, sagte EPJ 327.

Doch Pannonica wußte, daß er log. Alle vermißten die Schokolade schmerzlich. Es sah nach nichts aus, aber die paar Riegel täglich hatten über Wochen den Großteil ihrer Energiezufuhr ausgemacht. Das bißchen Brot und die durchsichtige Brühe konnten diese wertvollen Kalorien nicht ersetzen. Mit jedem Tag, der verging, nahm ihre Schwäche zu.

»Sie sollten sich noch einmal ans Publikum wenden«, schlug EPJ 327 vor.

»Damit sie uns auch noch das Brot streichen?« schrie der Mann, der das Gespräch eröffnet hatte.

»Schämen Sie sich nicht?« fuhr MDA 802 ihn an.

»Er hat ja recht«, stimmte Pannonica ihm zu. »Mein Aufruf ans Publikum ist jetzt zwei Wochen her, und wir sehen ja, daß er – abgesehen vom Entzug der Schokolade – keine Wirkung hatte.«

»Das können Sie nicht wissen«, widersprach EPJ

327. »Wir haben keine Ahnung, was sich draußen abspielt. Vielleicht schaltet ja keiner mehr ein. Vielleicht wird ›Konzentration‹ morgen eingestellt.«

»Glauben Sie das?« fragte Pannonica mit einem Lächeln.

»Ich glaube es«, sagte MDA 802. »Es gibt ein arabisches Sprichwort, das gut hierher paßt, finde ich. Es lautet: ›Laß den Arm nicht sinken – in einer Stunde könnte das Wunder geschehen.‹«

Am nächsten Tag raunte Pannonica Zdena zu: »Heute nacht.«

Das Ergebnis ließ nicht lange auf sich warten. Um sechzehn Uhr landeten zwei Tafeln Schokolade in ihrer Kitteltasche.

Den Rest des Tages verbrachte sie in Angst und Grauen.

Die Tischrunde brach in Freudenschreie aus, als sie abends die Schokolade hervorzog.

»Die Strafe ist vorbei!« rief einer.

»Na, na, nur nicht übertreiben! Denken Sie an die anderen Einheiten!« rügte Pannonica.

»Und warum fordern Sie nicht einfach mehr Schokolade?«

Pannonica fühlte Zorn in sich aufsteigen.

»Glauben Sie wirklich, daß ich in der Lage wäre, Forderungen zu stellen?«

»Denken Sie lieber nach, bevor Sie solchen Unsinn reden«, wies EPJ 327 den Mann zurecht.

»Wer mit seinen Reizen wuchert, kann auch Wucherpreise verlangen, oder nicht?« ätzte der Mann, der es nicht ertragen konnte, im Unrecht zu sein.

Pannonica sprang auf.

»Und womit, meinen Sie, verdiene ich die Schokolade?«

»Hören Sie, das geht mich nichts an!«

»Doch!« rief Pannonica. »Wenn Sie die Schokolade essen, dann geht es Sie schon etwas an.«

»Quatsch, ich habe Sie um nichts gebeten.«

»Sie sind ja schlimmer als ein Zuhälter! Und ich setze mein Leben aufs Spiel, um jemandem wie Ihnen etwas zu essen zu besorgen!«

»Also mir reicht's jetzt! Ich habe keine Lust, den Sündenbock zu spielen. Der ganze Tisch denkt so wie ich.«

Ein Sturm des Protests erhob sich am Tisch, eine Welle von Distanzierungen folgte.

»Glauben Sie kein Wort!« sagte der Mann zu Pannonica. »Die wollen bloß Schokolade kriegen und Ihre Gunst nicht verlieren. Ich spreche nur aus, was alle denken. Sie haben da nämlich einen Punkt übersehen: Uns ist es völlig egal, wie Sie zu der Schokolade kommen. Der Zweck heiligt die Mittel, wie man so sagt.«

»Hören Sie bloß mit diesem ›wir‹ auf, und haben Sie den Mut, ›ich‹ zu sagen!« unterbrach ihn EPJ 327.

»Auf Ihre Belehrungen kann ich verzichten, ich bin nämlich der einzige, der den Mut hat zu sagen, was alle denken.«

»Offenbar sind Sie richtig stolz auf sich«, bemerkte Pannonica. »Das finde ich so toll an Ihnen.«

»Man kann auch auf sich stolz sein, wenn man die Wahrheit sagt«, verkündete der Mann mit erhobenem Kopf.

Da wurde Pannonica die Gnade zuteil, das Komische an dieser Person sehen zu können, und sie begann zu lachen. Die ganze Tischrunde wurde davon angesteckt und lachte den Mann einfach aus.

»Schon gut, lacht nur«, maulte der. »Ich weiß, was ich sage. Und ich weiß, daß ich störe. Deswegen werde ich in Zukunft auch keine Schokolade mehr kriegen.«

»Da irren Sie sich«, erwiderte Pannonica. »Sie werden auch weiterhin Ihr Teil bekommen.«

Sie wartete, bis die anderen fest schliefen, dann verließ sie die Baracke. Fast wäre sie mit Kapo Zdena zusammengestoßen, die draußen schon auf sie lauerte.

»Gehen wir auf mein Zimmer?« fragte sie.

»Wir bleiben hier«, bestimmte Pannonica.

»Wie letztes Mal? Das ist mir peinlich.«

Offenbar zog Zdena nun andere Möglichkeiten in Betracht, von denen sich Pannonica auch nicht mehr versprach, also kam sie ihr zuvor:

»Ich will mit Ihnen sprechen. Ich glaube, es gibt ein Mißverständnis zwischen uns.«

»Bestimmt. Ich will dir nur Gutes, aber das weißt du anscheinend nicht.«

»Das ist ein weiteres Mißverständnis, Kapo Zdena.«

»Ich mag es, wenn du mich so ansprichst, obwohl es mir lieber wäre, du würdest auf den Titel verzichten. Ich hör meinen Namen so gern aus deinem Mund.«

Pannonica schwor sich, sie nie mehr beim Namen zu nennen.

Zdena kam näher. Pannonica zitterte vor Angst.

»Das Mißverständnis betrifft Ihre Vorstellung von meiner Verachtung für Sie«, begann Pannonica.

»Dann verachtest du mich gar nicht?«

»Sie täuschen sich über das Wesen meiner Verachtung.«

»Das bringt mich auch nicht weiter.«

»Was ich an Ihnen verachte«, fuhr Pannonica tapfer fort, obwohl sie vor Angst kaum sprechen konnte, »ist Ihr Einsatz von Macht, Zwang, Erpressung und Gewalt. Das hat mit Ihrem Begehren nichts zu tun.«

»Ach, du findest so eine Art von Begehren gut?«

»Was ich an Ihnen abstoßend finde, ist das, was nicht Sie sind: Wenn Sie sich wie ein Kapo aufführen – das sind nicht Sie. Eigentlich gehören Sie zu den Guten, glaube ich, außer wenn Sie beschließen, Kapo zu sein.«

»Ganz schön kompliziert, was du da erzählst. Und für diesen Quatsch willst du mich mitten in der Nacht treffen?«

»Das ist kein Quatsch.«

»Glaubst du wirklich, daß du so billig davonkommst?«

»Es ist sehr wichtig, daß Sie wissen, daß Sie zu den Guten gehören.«

»Unter den Umständen ist mir das völlig schnurz.«

»Ihr wahres Wesen sehnt sich nach meiner Achtung. Sie würden so gern ein Leuchten in meinen Augen sehen, das frei von Haß ist und ein Bild von Ihnen zeigt, in dem Sie groß sind, nicht erbärmlich.«

»Auf das mit den Augen könnte ich verzichten, ich erwarte mir ganz was anderes.«

»Aber Sie hätten mehr davon.«

»Da bin ich mir nicht so sicher.«

»Was Sie sich wünschen, können Sie nur durch Gewalt erreichen. Und anders, als Sie meinen, würde es Ihnen nicht gefallen, sondern Sie anwidern. Wenn Sie später daran denken, werden Sie jedesmal etwas empfinden, das viel schlimmer ist als Ekel. Ihre einzige Erinnerung wird die an meinen unerträglich haßerfüllten Blick sein.«

»Hör auf! Ich krieg richtig Lust.«

»Wenn Sie wirklich Lust darauf hätten, wie Sie behaupten, könnten Sie auch meinen Namen aussprechen.«

Zdena wurde blaß.

»Wenn man empfindet, was Sie empfinden, hat man das Bedürfnis, den andern beim Namen zu nennen. Nicht umsonst haben Sie alles dafür getan, ihn zu erfahren. Und jetzt, wo Sie ihn kennen, können Sie ihn nicht aussprechen.«

»Das stimmt.«

»Obwohl Sie es möchten, nicht wahr?«

»Ja.«

»Das hat mit dem Körper zu tun. Der Körper wird ganz zu Unrecht verachtet – er ist lange nicht so schlecht wie die Seele. Ihre Seele behauptet, etwas zu wollen, das Ihr Körper verweigert. Wenn Ihre Seele so anständig wäre wie Ihr Körper, könnten Sie mich beim Namen nennen.«

»Ich schwör dir, daß ich dir mit meinem Körper ganz schön weh tun kann.«

»Aber er will nicht.«

»Woher willst du das wissen?«

»Ich maße mir nicht an, Sie zu kennen. Auch das ist eine Art Verachtung, wenn man meint, das Unergründliche des anderen zu kennen. Ich habe eine Ahnung von Ihnen, das ist alles. Ihre Abgründe sind auch für mich unergründlich.«

Ein Schweigen trat ein.

»Jetzt bin ich traurig«, sagte Zdena schließlich. »Ich hab mir diese Nacht ganz anders vorgestellt. Sag mir, was ich von dir erwarten kann. Sag mir, worauf ich hoffen darf.«

Eine Viertelsekunde lang empfand Pannonica so etwas wie Rührung.

»Sie könnten mir ins Gesicht sehen und meinen Namen sagen.«

»Ist das alles?«

»Wenn Sie das schaffen, ist es viel.«

»So hab ich mir das Leben nicht vorgestellt«, sagte Zdena enttäuscht.

»Ich auch nicht«, sagte Pannonica.

Sie lachten. Es war ein Moment der Eintracht: Zwei junge Frauen von zwanzig Jahren entdeckten gemeinsam die Schändlichkeit der Welt.

»Ich gehe jetzt schlafen«, sagte Pannonica.

»Ich werde nicht schlafen können«, sagte Zdena.

»Dann können Sie sich ja überlegen, wie Sie uns ganz konkret helfen können, mir und meiner Einheit.«

Vierter Teil

Irgendwann hörte die Quote auf zu wachsen. Sie fiel nicht, aber sie stieg auch nicht mehr.

Die Organisatoren waren beunruhigt. Seit sechs Monaten lief »Konzentration«, und die Kurve war ständig nach oben gegangen, manchmal nur langsam, manchmal mit Wachstumsspitzen, wenn alle Medien über bestimmte Ereignisse berichteten, doch nie hatte sie stagniert.

»Das ist die erste Ebbe«, sagte einer von ihnen.

»Ebbe ist immer nur scheinbar«, sagte ein anderer. »Das ist ein Naturgesetz: Was nicht steigt, geht zurück.«

»Unsere Quote ist enorm, die höchste, die je von einer Sendung erzielt wurde.«

»Das ist nicht genug. Wenn wir uns nicht bald Gedanken über die Zukunft machen, wird es früher oder später ein böses Erwachen geben.«

»Die Medien lassen uns links liegen. Monatelang haben sie nur über ›Konzentration‹ berichtet, jetzt haben sie das Thema gewechselt. Wenn wir ihre Aufmerksamkeit wiederhaben wollen, müssen wir uns etwas einfallen lassen.«

Einer schlug vor, ein Fanzine herauszugeben wie

bei den Fernsehshows des vorangegangenen Jahrzehnts, mit Interviews und vielen Fotos von den Stars.

»Unmöglich!« meinten die anderen. »Das ginge nur mit den Kapos. Aber die eigentlichen Stars der Sendung sind die Gefangenen. Und da wir hier unter echten Lagerbedingungen arbeiten, können wir mit denen keine Interviews machen. Das würde gegen das Prinzip der Entmenschlichung verstoßen, das in jedem anständigen Lager gilt.«

»Was dann? Als die Gefangene CKZ 114 ihren Namen verriet und so eine Identität bekam, hatten wir ein phantastisches Medienecho. Vielleicht könnte man das ausbauen.«

»Das hat nur bei ihr funktioniert. Wir sollten diese Eingebung keinesfalls banalisieren.«

»Ist halt auch ein verdammt hübsches Luder. Nur leider ein bißchen ruhig in letzter Zeit.«

»Wie steht's um ihr Techtelmechtel mit Zdena? Das wäre doch eine Idee: die Henkerin und ihr Opfer …«

»Geht nicht, das Publikum sieht sie lieber als unerreichbare Jungfrau.«

»Jedenfalls können wir uns nicht am eigenen Schopf aus dem Sumpf ziehen. Wir brauchen eine neue Idee.«

Die Organisatoren erwogen noch dieses und jenes, bevor sie sich an den runden Tisch setzten. Es wurde literweise Kaffee getrunken und geraucht.

»Der einzige Fehler von ›Konzentration‹ ist die mangelnde Interaktivität.«

»Interaktivität! Seit zwanzig Jahren höre ich immer nur Interaktivität.«

»Zu Recht: Die Zuschauer mögen es, wenn man sie beteiligt. Sie freuen sich, wenn sie nach ihrer Meinung gefragt werden.«

»Und wie könnte das aussehen?«

Eine Pause entstand.

»Ist doch klar!« rief einer plötzlich. »Das Publikum übernimmt die Arbeit der Kapos!«

»Den Schlagstock?«

»Nein, die Selektion.«

»Ich glaube, das sollten wir festhalten.«

»Und wie machen wir es? Über eine teure Telefonnummer?«

»Viel besser: Wir lassen sie per Teletext abstimmen. Dann können sie alles mit der Fernbedienung regeln. Das ist gut. Sie müssen nur drei Buchstaben und drei Ziffern eingeben, und schon ist einer draußen.«

»Genial! Das ist wie bei den Gladiatorenkämpfen in Rom, Daumen hoch oder runter.«

»Ihr spinnt doch«, warf einer ein. »Die Beteiligung wird gleich Null sein. Das wird keiner wagen, die Opfer auszusuchen.«

Alle Blicke wandten sich ihm zu.

»Was wetten wir?«

Die ganze Runde brüllte vor Lachen.

»Die Sendung ist gerettet«, verkündete der Leiter der Konferenz und schloß die Versammlung.

Ein Moderator erklärte die neuen Prinzipien von »Konzentration« so, daß selbst der letzte Idiot sie verstehen mußte. Jetzt könne jeder seine eigene Sendung machen, verkündete er begeistert: »Ab jetzt treffen Sie die Entscheidung. Sie wählen aus, wer bleiben soll und wer rausmuß.«

Wörter wie »Sterben« oder »Tod« wurden dabei natürlich strikt vermieden.

Anschließend wurde eine Illustration der Erläuterungen eingeblendet: Eine Fernbedienung füllte den gesamten Bildschirm. Rot markierte Tasten zeigten, wie man drücken mußte, um zur Teletextseite von »Konzentration« zu kommen. »Es wäre doch schade, wenn Ihre Stimme durch ein technisches Problem verlorenginge«, sagte der Moderator. Es war wirklich einfach, aber für den Fall, daß einige es immer noch nicht kapiert hatten, wiederholte er die ganze Anleitung von vorn und schloß mit den Worten: »Wir wollen Sie noch einmal darauf hinweisen, daß die Teilnahme an der Teletext-Abstimmung von ›Konzentration‹ entsprechend den demokratischen Grundsätzen unserer Sendung für Sie absolut kostenlos ist.« Ein Gratis-Lächeln gab es obendrauf.

Die Medien trommelten noch lauter als zu Beginn der Sendung. DAS NEUESTE VON »KONZENTRATION«: JETZT SIND WIR KAPO, titelte die wichtigste Tageszeitung. SIE MACHEN UNS ZU HENKERN!

WOFÜR HALTEN DIE UNS? war die Frage des Tages.

Ein Kommentator verfaßte den aufrüttelndsten Leitartikel seiner Laufbahn. »Ich appelliere an die Ehre der Menschen!« schrieb er. »Gewiß, sie wird schon lange genug mit Füßen getreten – die widerwärtigste Sendung der Geschichte ist zur erfolgreichsten Sendung aller Zeiten geworden. Aber angesichts dieser Ungeheuerlichkeit erwarte ich von Ihnen, von uns allen einen Aufstand des Anstands – wenn schon nicht gegen die Sendung, dann wenigstens gegen das Votum: Keiner darf seine Stimme abgeben. Ich rufe Sie zum Boykott auf! Verweigern Sie sich dieser Schandtat!«

Der Anteil der Enthaltungen beim ersten Publikumsentscheid von »Konzentration« war umgekehrt proportional zur letzten Europawahl: Er lag bei 0%, was die Politiker laut darüber nachdenken ließ, ob man die Wahlurnen künftig nicht durch Teletext ersetzen sollte.

Die Zuschauerzahl bei der ersten Nachwahlsendung von »Konzentration« sprengte alle bisherigen Rekorde.

Soviel zu den Zahlen.

Am Morgen nach der Abstimmung mußten sich die Gefangenen wie gewöhnlich in einer Reihe aufstellen.

Die Kapos waren so empört über die neue Regel, die ihnen ihr wichtigstes Privileg entzog, daß einzig Kapo Lenka sich bereit fand, sie den Häftlingen mitzuteilen. Sie stolzierte herum, bis sie meinte, ihre auf Bleistiftabsätzen balancierenden Beine hätten nun genügend Wirkung gezeitigt, dann blieb sie stehen, streckte ihre Brust heraus und verkündete:

»Von jetzt an wird das Publikum darüber abstimmen, wer von euch aus der Reihe geholt wird. Das nennt man Demokratie, oder?«

Lächelnd zog sie einen Umschlag aus ihrem Dekolleté, riß ihn auf und verlas die Namen wie bei einer Oscar-Verleihung:

»Gewählt wurden GPU 246 und JMB 008.«

Das waren die ältesten Häftlinge.

»Anscheinend sind Senioren beim Publikum nicht so beliebt«, kommentierte Lenka höhnisch die Wahl.

Pannonica war wie betäubt. Das konnte nicht sein, das war ungeheuerlich. Kapo Lenkas Vulgarität bestärkte sie in ihrem Zweifel. Bestimmt hatte sie die Geschichte einfach erfunden und ihre Entscheidung als Abstimmungsergebnis ausgegeben – ja, so mußte es sein.

Die Haltung der anderen Kapos allerdings war ihr ein Rätsel. Sie blieben schmollend im Hintergrund. Pannonica vermutete einen Streit zwischen Lenka und ihren Kollegen. Doch die Stimmung hielt während des ganzen Tages an, und die Abwesenheit der nymphomanischen Wärterin änderte daran augenscheinlich nichts.

Besonders Kapo Zdena blickte düster.

Am nächsten Morgen gab es keine Zweifel mehr. Die in einer Reihe aufgestellten Häftlinge wurden gar nicht erst begutachtet. Kapo Marko trat vor sie hin, holte ein Papier heraus und sagte:

»Da unsere Meinung hier nicht mehr gefragt ist, werde ich euch auch nicht die Komödie einer Inspektion vorspielen. Die heute vom Publikum bestimmten Verurteilten sind AAF 167 und CJJ 214.«

Das waren zwei besonders verhuschte Mädchen.

»Ich möchte dazu bemerken«, fuhr Kapo Marko mit erhobener Stimme fort, »daß diese Wahl fragwürdig ist. Das kommt davon, wenn man Laien nach ihrer Meinung fragt. Profis hätten da sicher anders entschieden. Aber *vox populi, vox Dei.*«

Die massive Publikumsbeteiligung führte zu einer regelrechten Mobilisierung der Medien. Einstimmig titelten alle Tageszeitungen mit gigantischen Lettern: DER TIEFPUNKT! – und begannen den einzigen Artikel auf Seite eins mit den Worten: »Jetzt ist er erreicht!«

Radiosender und Fernsehstationen hatten nur noch ein einziges Thema. Satiriker klagten, daß ab diesem Zeitpunkt all ihre Mühen vergebens seien – die Realsatire habe sie endgültig überholt, abscheulichere Karikaturen gebe es nicht: »Das komischste an dieser Schande bleibt die Empörung der beleidigten Kapos, die nun, da sie der Macht über Leben und Tod der Häftlinge beraubt sind, allen Ernstes über die Schwächen der Demokratie diskutieren.«

Die Wirkung dieses Aufschreis ließ nicht lange auf sich warten: Ab sofort verfolgte jeder »Konzentration«. Wer keinen Fernseher hatte, ging zu den Nachbarn – natürlich nie, ohne sich lauthals zu brüsten, der letzte Aufrechte und Feind des Fernsehmülls zu sein. Um dann zur allgemeinen Verwunderung höchst sachkundig darüber zu schwadronieren.

Die Sendung war zur Pandemie geworden.

Zdena machte sich Sorgen. Solange die Kapos über die Hinrichtungen entschieden, lag es in ihrer Macht, Pannonica zu beschützen; wenn das Publikum das letzte Wort hatte, war nichts mehr sicher. Das haßte sie am meisten an der Demokratie, deren Existenz sie eben erst entdeckt hatte: diese Ungewißheit.

Sie versuchte sich Mut zu machen, so gut es ging: Pannonica war doch die Muse, die Heldin, die Schönste von allen. Warum sollte das Publikum so dumm sein, seinen Liebling zu opfern?

Das erste Votum beruhigte sie: Wenn die Volksbefragung zum Ausschluß der Ältesten führte, war Pannonica in Sicherheit. Das zweite Wahlergebnis aber belebte ihre Befürchtungen von neuem. Sicher, Pannonica war nicht so verhuscht wie die zwei Mädchen, aber zurückhaltend war sie auch – in letzter Zeit sogar immer mehr.

Und bei einem so unberechenbaren Publikum war wirklich das Schlimmste zu befürchten. So murmelte sie ihr am Nachmittag, als sie ihr wie gewohnt die Schokolade in die Tasche steckte, ins Ohr: »Heute nacht.« Pannonica nickte.

Die beiden Frauen trafen sich um Mitternacht.

»Du mußt unbedingt was tun«, sagte Zdena. »Warum sagst du nichts? Warum wendest du dich nicht ans Publikum?«

»Sie haben ja gesehen, was mein Eingreifen bewirkt hat«, erwiderte Pannonica mißmutig.

»Du wirst das Publikum nicht ändern, aber wenigstens bleibst du verschont! Die beiden Mädchen von heute früh sind nur rausgewählt worden, weil sie so unauffällig waren. Du mußt aber am Leben bleiben. Die Welt braucht dich.«

»Und Sie? Warum unternehmen Sie nichts? Sie tun überhaupt nichts für uns. Vor zwei Wochen habe ich Sie gebeten, über unsere Rettung nachzudenken. Und noch immer ist nichts passiert.«

»Du hast mehr Möglichkeiten als ich. Für dich schwärmen die Leute. Für mich interessiert sich keiner.«

»Immerhin sind Sie frei, und ich bin eine Gefangene! Haben Sie schon einen Fluchtplan?«

»Ich arbeite dran.«

»Beeilen Sie sich, sonst sind wir alle tot.«

»Ich könnte besser arbeiten, wenn du netter zu mir wärst.«

»Darauf habe ich gewartet.«

»Ist dir eigentlich klar, daß du von mir ein Wunder verlangst, und zwar für nichts?«

»Mein Leben und das meiner Einheit nennen Sie nichts?«

»Stell dich nicht so dumm! Was ich von dir will, ist doch nicht zuviel verlangt!«

»Finde ich schon.«

»Du bist echt zu blöd. Du verdienst das Leben gar nicht.«

»Dann können Sie sich ja freuen – ich werde auch nicht überleben«, sagte Pannonica und ließ sie stehen.

Bisher war Zdena fasziniert gewesen von der Klugheit derer, die ihr nicht aus dem Kopf ging, von ihrer Art zu sprechen, an Worten zu sparen und zu antworten, wo man es nicht erwartete; nun kam sie ihr dumm wie Brot vor.

Unfaßbar, daß sie lieber in den Tod ging! War das Leben es denn nicht wert, daß man sich ein wenig Mühe gab? Bei dem bißchen, was sie von ihr verlangte!

Sie benahm sich wie die Gräfinnen in Romanen, die für irgendwelche komischen Tugenden, die außer ihnen sowieso keinen interessierten, Leib und Leben aufs Spiel setzten. Zdena hatte noch nie sowas gelesen, ja sie war nicht einmal sicher, ob es das überhaupt gab, aber der Welt der Literatur traute sie solchen Schwachsinn durchaus zu und verwarf sie deshalb um so heftiger.

Aber das schlimmste war, daß das ihrer Liebe zu Pannonica keinerlei Abbruch tat. Im Gegenteil, es war, als ob sie dadurch nur noch anziehender würde. Daß sie sich so zierte, etwas so Simples zu geben, daß sie sich aufführte, als ob es darum ginge, Vater und Mutter zu opfern, reizte Zdena bis zum Wahnsinn.

Eine Welle der Freude durchströmte Zdena bei dem Gedanken, daß sie ein so heftiges Begehren empfand, aber gleich fiel ihr wieder die Wirklichkeit ein und löschte die Freude aus. Früher oder später würde Pannonica sterben, vor Millionen Zuschauern unter furchtbaren Qualen ermordet – das Schönste, das Reinste, das Erhabenste und Köstlichste, was die Menschheit je hervorgebracht hatte.

Es schien Zdena, als hätte sie zum ersten Mal die grauenhafte Bedeutung dieser Tatsache erkannt.

Sie brauchte einen Plan, der ihrer Leidenschaft angemessen war. Dazu mußte sie erst einmal an Pannonicas Kreis herankommen.

Ihre Wahl fiel auf MDA 802. Sie hatte sie lange gehaßt, weil sie in ihr eine potentielle Rivalin gesehen hatte. Bis ihr klargeworden war, daß sie sich getäuscht hatte: MDA 802 empfand offenbar nur Freundschaft für Pannonica, während diese leider für die Liebe von EPJ 327 nicht ganz unempfänglich zu sein schien.

In einem unbeobachteten Moment steckte Zdena MDA 802 ein Röhrchen Koschenille zu und flüsterte:

»Tu so, als hättest du dich verletzt.«

MDA 802 schlug das Herz zum Zerspringen. Kapo Zdena wollte sie unter vier Augen sprechen. Ob sie ihr ein ähnliches Angebot machen würde wie Pannonica? In dem Fall würde sie die Gelegenheit beim Schopf packen. Auch wenn sie nicht die geringste Neigung für die Wärterin empfand – für die Freiheit war sie zu allem bereit.

Sie schüttete sich den roten Farbstoff in die Hand und streckte sie stöhnend aus.

»Schaut euch die an, die pißt ja Blut!« rief Zdena. »Die muß auf die Krankenstation.«

Bevor jemand anderer reagieren konnte, hatte sie sie schon am Arm gepackt und zog sie lauthals schimpfend hinter sich her: »So was Blödes, da im Schutt rumzugraben!« Im Handumdrehen waren sie auf Zdenas Zimmer.

»Wir müssen reden«, begann Zdena. »Du bist doch sehr gut mit CKZ 114, hm?«

»Ja.«

»Das ist aber ziemlich einseitig. Sie hat nämlich was zu verbergen, vor dir und eurer Einheit.«

»Das ist ihr gutes Recht.«

»Was du nicht sagst! Und sie weiß genau, was sie tut.«

MDA 802 hielt es für klüger zu schweigen.

»Gut, du willst deiner Freundin nicht in den Rücken fallen«, fuhr Zdena fort. »Sie hat da weniger Hemmungen.«

›Das ist bestimmt eine Falle‹, dachte MDA 802.

»Du weißt ja, was ich von ihr erwarte. Das ist doch nicht die Welt, oder? Wenn ich das kriegen würde, würde ich der ganzen Einheit die Flucht ermöglichen, ihr und dir und allen anderen. Aber nein, das Fräulein will nicht, und das heißt, sie will euch nicht retten.«

Zorn durchzuckte MDA 802, eine Aufwallung der Empörung gegen Zdena und Pannonica gleichermaßen. Doch die Vernunft riet ihr, diese Gefühle auf später zu vertagen. Krampfhaft zitternd setzte sie alles auf eine Karte:

»Wenn CKZ 114 nicht will, Kapo Zdena, ich hätte nichts dagegen.«

Zdena fiel die Kinnlade herunter. Dann brach sie in ein Menschenfresserlachen aus.

»Ich gefalle dir, MDA 802?«

»Ich finde Sie nicht übel«, stammelte die Unglückliche.

»Also machst du's umsonst?«

»Nein.«

»Ach nein?« höhnte Zdena. »Und was ist dein Preis?«

»Derselbe«, antwortete MDA 802, den Tränen nah.

»Hast du dich schon mal im Spiegel gesehen? Schraub deine Ansprüche runter, Mädchen!«

Die Gefangene biß die Zähne zusammen und versuchte tapfer zu verhandeln.

»Das Leben von CKZ 114 und meins.«

»Willst du dich über mich lustig machen?«

»Mein Leben.«

»Nein, nein, nein und nein!«

Schließlich brachte MDA 802 etwas vor, über das nur urteilen sollte, wer von sich glaubt, mehr wert zu sein:

»Brot.«

Starr vor Verachtung spuckte Zdena ihr ins Gesicht.

»Du widerst mich an! Dich will ich nicht mal umsonst«, schrie sie und warf sie hinaus.

»Erzähl den andern, was du weißt.«

Schluchzend kehrte MDA 802 zu ihrer Arbeit am Tunnel zurück. Die anderen Häftlinge schrieben das ihrer Handverletzung zu. Nur Pannonica ahnte etwas.

Sie hatte einen Blick von MDA 802 aufgefangen,

in dem Demütigung und Kränkung zu lesen waren. Sie meinte sogar Haß darin aufblitzen zu sehen.

Ein verzweifeltes Kopfschütteln war ihre einzige Antwort.

Beim Abendessen ging es MDA 802 offensichtlich schlecht.

»Hat Kapo Zdena Ihnen etwas angetan?« wurde sie gefragt.

»Nein«, sagte sie und starrte dabei Pannonica an.

»So reden Sie schon«, seufzte diese, »und sagen Sie, was Sie zu sagen haben.«

»Ist das nicht Ihr Part?« fragte MDA 802.

»Nein. Sie haben offensichtlich das Bedürfnis zu reden.«

Ein Schweigen trat ein.

»Mir ist das sehr peinlich«, begann MDA 802. »Kapo Zdena hat mir mitgeteilt, daß sie Pannonica ein gewisses Angebot gemacht hat, um uns allen die Flucht zu ermöglichen. Aber Pannonica hat abgelehnt.«

Die Blicke der ganzen Tischrunde richteten sich auf Pannonica, die wie versteinert dasaß.

»Pannonica hat recht«, sagte EPJ 327.

»Finden Sie?« fragte MDA 802.

»Wir sind ihr scheißegal«, empörte sich der

Mann, der es nicht verwinden konnte, daß man ihn ausgelacht hatte. »Ihre Weigerung ist unser Todesurteil.«

»Schweigen Sie«, fuhr eine Frau ihn an. »Sie sind ja völlig gefühllos. Ich verstehe Ihr Zögern, Pannonica, wir alle verstehen Sie. Kapo Zdena ist ein Monster, und uns allen wäre es zuwider, das … das … mitzumachen. Aber es geht um Leben oder Tod. Punkt.«

»Sie geben aber wenig auf die Ehre«, warf EPJ 327 ein.

»Wäre es denn keine Ehrentat, unser Leben zu retten?« protestierte die Frau. »Sie sind doch blind vor Liebe, EPJ 327! Glauben Sie, daß wir das nicht wissen? Und man muß schon blind sein zu meinen, daß unser aller Tod, auch Ihrer, nicht die Stunde wert ist, die Pannonica Kapo Zdena zu Willen sein müßte. Wir alle lieben und bewundern Pannonica, aber unser Überleben ihrem Wunsch nach Reinheit zu opfern, das geht zu weit.«

Alles schwieg. Das Gesagte gab die allgemeine Meinung so sehr wieder, daß niemand etwas hinzuzusetzen hatte.

»Sie sind wie die Bürger in Maupassants *Fettklößchen*«, ereiferte sich EPJ 327.

»Das ist nicht wahr«, widersprach MDA 802. »Ich habe mich an ihrer Stelle Kapo Zdena angeboten, wurde aber zurückgewiesen. – Warum sagen Sie nichts?« wandte sie sich an Pannonica, die schweigend und mit gesenktem Blick dasaß.

»Ich habe nichts zu sagen.«

»Das stimmt nicht. Wir wissen um Ihr edles Gemüt. Wir würden es nur gern verstehen«, beharrte MDA 802.

Pannonica schüttelte seufzend den Kopf.

»Weil sie eine Frau ist vielleicht?« fragte jemand naiv.

»Das wäre bei einem Mann nicht anders«, lautete die knappe Antwort.

»Wir brauchen eine Erklärung, glauben Sie mir«, beharrte MDA 802.

»Sie werden keine bekommen«, erwiderte Pannonica.

»Die Prinzessin auf der Erbse schickt uns in den Tod«, beschwerte sich der Mann.

Er hatte sich zu laut beschwert. Die anderen Einheiten sahen schon zu ihrem Tisch hin.

Eine lange Pause trat ein. Als die Spannung etwas abgeflaut war, erhob sich das Stimmengewirr von neuem.

»Sie verhalten sich wie Besiegte«, ließ sich Pannonica endlich vernehmen. »Keiner von Ihnen wird getötet, und zwar deshalb, weil ich dem Feind kein Zugeständnis mache.«

Das Essen endete in allgemeiner Niedergeschlagenheit.

Am nächsten Morgen, nachdem ein Kapo die Namen der Verurteilten des Tages verlesen hatte, trat Pannonica zwei Schritte vor, wandte sich zu der Kamera, die sie für die wichtigste hielt, und sagte:

»Zuschauer! Stimmen Sie heute abend für mich! Nur ein einziger Name soll das Ergebnis der Auszählung sein! Ich fordere ein einstimmiges Votum für die Nummer CKZ 114! Sie alle, wie Sie da sitzen, haben sich schon so weit erniedrigt, daß Sie diese widerwärtige Sendung sehen. Absolution wird nur unter einer Bedingung gewährt: daß ich morgen verurteilt werde. Das sind Sie mir schuldig!«

Dann trat sie wieder in die Reihe zurück.

›O Gott‹, dachte MDA 802. ›Das ist die Bestätigung meiner Vermutung: Sie ist vollkommen verrückt geworden.‹

›Und dabei haben wir so gehofft, daß sie uns rettet!‹ dachte der Rest der Einheit.

Selbst EPJ 327 wurde von den allgemeinen Befürchtungen angesteckt: ›Sie ist wunderbar. Aber auch wunderbare Wesen können sich täuschen.‹

Zdena war entsetzt.

Pannonica verbrachte den Tag in vollkommener Gelassenheit.

Die Presse verstieg sich zu den absurdesten Behauptungen, eine Meldung jagte die andere.

Eine immer wiederkehrende Ansicht trug schließlich den Sieg über die unterschiedlichen Versionen der Geschichte davon: »Sie hält sich für Jesus Christus.«

Abends wurde diese Meldung flächendeckend verbreitet: »Die Gefangene namens Pannonica ergriff heute morgen das Wort und forderte das Publikum von ›Konzentration‹ nachdrücklich dazu auf, einstimmig für ihre Verurteilung zu votieren. Sie bot sich explizit als Sühneopfer an und versprach den Zuschauern, ihnen zu diesem Preis Absolution zu gewähren.«

Radiosender und Fernsehstationen, allgemein weniger differenziert als Zeitungen, legten schlicht die Vermutung nahe, Pannonica habe den Verstand verloren.

Die abendliche Tischrunde war völlig verstört.

»Ist das jetzt das letzte Abendmahl?« fragte MDA 802.

Pannonica griff nach den Schokoladentafeln in ihrer Tasche und sagte lachend:

»Sie nahm die Schokolade, brach sie, reichte sie ihren Jüngern und sprach: ›Nehmet und esset, denn dies ist mein Leib.‹«

»Er geizte nicht so mit seinem Leib«, murrte der Mann, der sie nicht mochte.

»Ich bin auch nicht er«, antwortete Pannonica, »und Sie sind nicht Judas, der im übrigen eine beeindruckende und unverzichtbare Figur war.«

»Er hat die Menschen gerettet!«

»Sie werfen mir also vor, daß ich nicht Jesus Christus bin. Das ist allerhand!«

»Erst gestern haben Sie uns versichert, daß keiner von uns getötet wird!« protestierte der Mann.

»Stimmt.«

»Und wie gedenken Sie vorzugehen? Wollen Sie aus dem Jenseits Ihre schützende Hand über uns halten?«

»Nun mal langsam. Noch bin ich nicht tot.«

»Aber nach Ihrem Befehl ans Publikum sind Sie es schneller, als Sie denken. Sie wissen genau, welchen Einfluß Sie haben.«

»Ja, ich rechne auch damit, daß ihr Votum auf mich fällt.«

»Und wann wollen Sie uns dann retten?«

»Die Rettung ist für Sie dasselbe wie die Schokolade, nicht wahr? Sie steht Ihnen zu!«

»Hören Sie auf, hier den Schöngeist zu spielen«,

sagte der Mann. »Wir haben ja vielleicht nicht ganz Ihre Seelengröße. Aber jeder von uns hätte den Vorschlag von Kapo Zdena angenommen, um die anderen zu retten.«

»Sie hätten es noch für viel weniger getan«, sagte Pannonica.

MDA 802 zuckte bei diesen Worten unmerklich zusammen.

»Ja und?« ereiferte sich der Mann, der nichts verstanden hatte. »Wir sind eben alle nur Menschen, lebendige Wesen, wir wissen, daß man sich manchmal die Hände schmutzig machen muß.«

»Die Hände?« wiederholte Pannonica wie etwas Ungebührliches. »Mir wäre es lieber, wenn Sie mir nicht ständig erzählten, was Sie an meiner Stelle getan hätten. Sie sind nicht an meiner Stelle, niemand ist an der Stelle eines anderen. Wenn jemand etwas für Sie riskiert, das Sie nicht wagen würden, sollten Sie sich besser nicht anmaßen, etwas zu verstehen, geschweige denn, ein Urteil zu fällen.«

»Richtig«, schaltete sich MDA 802 ein. »Aber warum riskieren Sie soviel? Kapo Zdenas Vorschlag anzunehmen hätte Sie weniger gekostet.«

»Ich hätte dabei endgültig die Überzeugung eingebüßt, daß mein Wunsch zählt«, schloß Pannonica. »Und jetzt will ich nicht mehr darüber reden.«

Nun äußerte sich EPJ 327, der bis dahin geschwiegen hatte: »Sie wissen, wie sehr ich Ihnen immer recht gebe, Pannonica. Doch seit Ihrer letzten Erklärung habe ich Angst. Ich habe schreckliche Angst, und zum ersten Mal verstehe ich Sie nicht mehr.«

»Ich bitte Sie nur, als letzte Gunst sozusagen, von etwas anderem zu sprechen«, sagte Pannonica.

»Wie könnten wir von etwas anderem sprechen?«

»In dem Fall bitte ich um das Recht zu schweigen.«

Um Mitternacht trafen sich Zdena und Pannonica, ohne sich verabredet zu haben.

»Weißt du überhaupt, was dich erwartet?« fragte Zdena. »Weißt du, wie das ist bei einer Hinrichtung? Weißt du, was sie dann mit deinem kleinen, zarten Körper machen?«

Pannonica hielt sich die Ohren zu, bis sich die Lippen von Zdena nicht mehr bewegten.

»Wenn ich morgen sterbe, ist das Ihr Werk. Wenn ich morgen sterbe, können Sie sich tagtäglich sagen, daß Sie mich dazu verurteilt haben, nur weil ich nichts von Ihnen wollte.«

»Bin ich so wenig begehrenswert?«

»Sie sind nicht mehr und nicht weniger begehrenswert als jeder andere Mensch.«

Zdena lächelte geschmeichelt, als hätte Pannonica ihr ein Kompliment gemacht.

»Aber die Methoden, die Sie anwenden«, setzte Pannonica rasch hinzu, »machen es mir für immer unmöglich, Sie zu begehren.«

»Für immer?«

»Für immer.«

»Und was hilft es mir, wenn ich dir helfe?«

»Daß ich weiterlebe«, sagte Pannonica, von solcher Tautologie erheitert.

»Aber was hilft es mir?« beharrte Zdena.

»Das habe ich Ihnen ja schon gesagt: daß ich weiterlebe.«

»Das hilft mir aber nichts.«

»Doch. Weil die Vorstellung von meinem Tod Sie entsetzt. Sie wollen, daß ich am Leben bleibe.«

»Warum?«

»Weil Sie mich lieben.«

Verdutzt sah Zdena sie an, begann zu lachen und verbiß sich das Lachen gleich wieder, um nicht gehört zu werden.

»Du hast nie Zweifel, oder?« fragte sie.

»Habe ich denn nicht recht?«

»Ich weiß nicht. Liebst du mich denn?«

»Nein«, erwiderte Pannonica bestimmt.

»Du bist ganz schön eingebildet!«

»Sie lieben mich, und das ist weder Ihre noch

meine Schuld. Ich liebe Sie nicht, und auch dafür kann keine von uns etwas.«

»Und deshalb soll ich dich retten?«

Pannonica seufzte. »Wir kommen nicht weiter, wenn Sie nicht Ihren Teil beitragen. Ihr Verhalten war abscheulich; jetzt haben Sie die Chance, es wiedergutzumachen. Und die sollten Sie sich nicht entgehen lassen.«

»Du verschwendest nur meine Zeit. Wenn es eine Hölle gibt, werde ich halt dort schmoren, mir doch egal.«

»Es gibt eine Hölle, und wir sind mittendrin.«

»Ich finde das gut.«

»Ja? Sie finden die Umstände unserer Bekanntschaft gut?«

»Ohne ›Konzentration‹ hätte ich nichts von dir erfahren.«

»Wegen ›Konzentration‹ werden Sie nie etwas von mir erfahren.«

»Normalerweise treffen Leute wie du keine Leute wie mich.«

»Das ist nicht wahr. Ich war immer für alle Menschen offen.«

»Und? Ich hätte dir doch nicht gefallen.«

»Bestimmt besser als jetzt.«

»Sprich nicht so, als ob dir vor mir ekelt.«

»Es liegt an Ihnen, das zu ändern. Sie könnten

sich als der großartigste Mensch erweisen, wenn Sie die Gefangenen befreien und diesem Grauen ein für allemal ein Ende setzen.«

»Du würdest mich ja doch nicht lieben, wie du sagst.«

»Aber meiner Freundschaft und Bewunderung könnten Sie sicher sein. Sie werden es mögen und nicht genug davon bekommen. Ich gehe jetzt, mehr habe ich Ihnen nicht zu sagen. Sie werden die Nacht noch brauchen, um sich einen Plan auszudenken.«

Mit festem Blick wandte Pannonica sich ab. Sie hätte ihre Angst keine Minute länger bezähmen können.

Als Zdena allein war, begriff sie, daß sie keine Wahl mehr hatte. Für einen ausgeklügelten Fluchtplan war es zu spät. Zdena war Kapo und verstand zu wenig von Technik, um den Alarm abzustellen.

Also brauchte sie Waffen.

In dieser Nacht tat Zdena kein Auge zu.

Auch Pannonica konnte nicht schlafen.

›Ich muß verrückt sein, so viel zu riskieren. Zwar sterbe ich sowieso. Schlimmstenfalls beschleunigt das meinen Tod. Aber ich habe es nicht so eilig mit dem Sterben. Ich hätte das nicht tun sollen!‹

Sie rief sich alles ins Gedächtnis, was sie in

ihrem Leben geliebt hatte: ein paar Musikstücke, den zarten Duft der Nelken, den Geschmack von grauem Pfeffer, Champagner und frischem Brot, die schönen Momente mit geliebten Menschen, die Luft nach dem Regen, ihr blaues Kleid und ein paar Bücher. Das alles war gut, aber es war ihr noch nicht genug.

›Das Beste hatte ich noch vor mir!‹ dachte sie. Und sie dachte daran, wie sehr sie den Morgen liebte.

Der nächste Morgen war verwirrend leicht wie jeder Morgen. Aber das trog.

Trügerisch die frische Luft – was geschah eigentlich nachts, daß die Luft am Morgen so frisch und wie neu war? Woher diese ewige Wiederauferstehung? Und warum wurde nicht jeder, der sie atmete, erlöst?

Trügerisch dieses unbeschreibliche Licht, das einen vollkommenen Tag verhieß, ein Vorspann, der dem Film bei weitem überlegen sein würde.

»Alle Lust des Tages ist in seinem Morgen«, hieß es irgendwo.

Als die Häftlinge wie gewohnt zur Verlesung der Verurteilten in einer Reihe auf dem Vorplatz antraten, fühlte Pannonica sich vom letzten Morgen ihres Lebens betrogen.

Fünfter Teil

Es war eine Direktübertragung, und das Publikum wußte es: In einer Ecke des Bildschirms war das Wort »live« eingeblendet.

Mit dieser Ausstrahlung erreichte »Konzentration« die absolute Quote: hundert Prozent. Alle sahen zu, auch Blinde, Taube, Einsiedler, Fromme, Straßenkünstler, Kleinkinder, Jungvermählte und die dazugehörigen Haustiere... Sogar die konkurrierenden Fernsehsender unterbrachen ihr Programm, damit die Moderatoren die Sendung sehen konnten.

»Entsetzlich«, sagten die Politiker vor den Fernsehgeräten und schüttelten verzweifelt den Kopf. »Wir hätten das verhindern müssen.«

»Da muß sie jetzt durch, sag ich dir«, sagten die Leute in den Bars, die mit starrem Blick zum Bildschirm an der Theke hingen. »Scheiße ist das. Daß die Politiker solche Sauereien zulassen! Hätten es doch verbieten können. Haben halt keine Moral mehr, die da oben, mehr kann ich nicht dazu sagen.«

Die Gutmenschen nickten traurig in Richtung Kiste und dachten laut: »Ein Jammer! Ein schwarzer Tag für die Menschheit! Doch wir haben nicht das Recht, nicht hinzusehen: Wir müssen Zeugen des Grauens sein. Wenn eines Tages Rechenschaft von uns gefordert wird, werden wir nicht behaupten können, wir waren nicht dabei.«

Die Häftlinge in den Gefängnissen sagten: »Und da heißt es immer, wir sind kriminell! Uns sperren sie ein, und die Verantwortlichen für diese Scheiße laufen frei rum.«

Aber auch sie sahen zu.

Die unschuldigen Verliebten lagen eng aneinandergeschmiegt in ihren Daunenbetten, an deren Fußende der Fernseher stand, und sagten: »Schau, wie fern uns diese gemeine Welt ist! Unsere Liebe schützt uns!«

Am Vorabend hatten beide den Moment, in dem der andere einem menschlichen Bedürfnis nachging, genutzt, um nach der Fernbedienung zu greifen und zu wählen.

Die Karmeliterinnen schauten schweigend zu.

Eltern erklärten ihren Kindern anhand der Sendung das Böse.

Die Patienten, die die Sendung im Krankenhaus sahen, sahen in ihrem eigenen Leiden eine Art Sühne für ihre Schuld.

Wer keinen Fernseher hatte, lud sich bei seinen Nachbarn zu der Sendung ein, um sich heuchlerisch darüber zu empören:

»Da bin ich doch froh, daß ich keinen Fernseher habe.«

Beim Appell bemerkte Pannonica, daß Zdena fehlte.

›Sie hat mich verlassen‹, dachte sie. ›Ich habe verloren. Ich bin verloren.‹

Sie holte tief Atem. Die Luft schien ihr wie mit Glassplittern gespickt.

Kapo Jan marschierte vor den Gefangenen auf, blieb stehen, öffnete den Umschlag und verkündete:

»Die Verurteilten des Tages sind CKZ 114 und MDA 802.«

Nachdem sie sich von ihrer Bestürzung erholt hatte, trat Pannonica einen Schritt vor und schrie in die Kamera: »Zuschauer! Sie sind alle Schweine!«

Sie hielt einen Moment lang inne. Ihr Herz schlug zum Zerspringen. Sie konnte vor Zorn kaum atmen. Alle Kameras waren auf sie gerichtet. Ihre Augen sprühten vor Haß.

»Sie können ungestraft Böses tun! Und nicht einmal das tun Sie gut!«

Sie spuckte auf den Boden und fuhr fort:

»Sie glauben, daß Sie in der stärkeren Position sind, weil Sie uns sehen und wir Sie nicht. Aber Sie irren sich! Ich sehe Sie! Schauen Sie mir in die Augen! Sie werden darin die tiefste Verachtung lesen, und das ist der Beweis dafür, daß ich Sie sehe! Ich sehe die, die uns dumm anglotzen, ich sehe auch die, die uns, wie sie meinen, intelligent anglotzen, weil sie dabei denken: ›Ich will nur sehen, wie weit sich die Menschen erniedrigen‹, und sich damit noch tiefer erniedrigen! Das Auge schaut aus dem Fernsehen auf Sie alle herab! Und wenn Sie mich sterben sehen, sollen Sie wissen, daß Sie dabei gesehen wurden!«

MDA 802 rief weinend:

»Hören Sie auf, Pannonica. Sie haben sich getäuscht.«

›Ich bin schuld an ihrem Tod‹, dachte Pannonica, und die Scham ließ sie verstummen.

Im Saal mit den fünfundneunzig Bildschirmen herrschte eitel Freude. Die Organisatoren klopften sich auf die Schenkel.

»Sie ist der geborene Star. Das hat es noch nie gegeben, die absolute Quote, nicht einmal am 21. Juli 1969 in den USA. Wie macht sie das bloß?«

»Sie ist das Symbol des Guten, Schönen, Reinen und all so'm Quatsch. So was lieben die Leute: Kampf zwischen Gut und Böse. Das ist der Clou der Show: Die Unschuld wird der Folter unterworfen und vom Laster exekutiert!«

»Schönheit ist alles. Wäre sie häßlich, würde kein Hahn nach ihr krähen.«

»Seit Paris ist alles beim alten geblieben«, merkte ein gebildetes Schwein an. »Bei der Wahl zwischen Hera, Athene und Aphrodite hat er sich auch für die Schönheit entschieden.«

Die Auserwählten schritten ernst ihren Bütteln voran, Pannonica zu allem Leid noch bedrückt von Schuldgefühlen, daß sie die Freundin nicht hatte retten können.

EPJ 327 verfluchte sich innerlich:

›Du läßt sie einfach sterben und tust nichts dagegen, versuchst es gar nicht, und es ist nicht einmal Feigheit – nur Ohnmacht! Könnte ich wenigstens die Kameras zerstören, die ihren Todeskampf aufzeichnen! Könnte ich wenigstens ihren Tod bewahren, wenn ich ihr Leben schon nicht bewahren konnte! Ich liebe sie, und meine Liebe ist nutzlos!‹

Er trat vor die Kameras und rief:

»Sie können sich freuen! Sie haben das Salz der Erde verdammt und werden die sterben sehen, die Sie alle gern gewesen wären oder gehabt hätten! Sie wollen sie sterben sehen, weil sie Ihr absolutes Gegenteil ist: Sie ist die Fülle, und Sie sind hohl! Sie sind Nichtse, die nichts dulden können, was Substanz hat! ›Konzentration‹ ist der Spiegel Ihres Lebens, und aus Narzißmus schauen Sie zu!«

EPJ 327 verstummte; keiner hatte ihm zugehört. Etwas anderes zog die allgemeine Aufmerksamkeit auf sich: Kapo Zdena war wiederaufgetaucht, die Arme beladen mit Konservengläsern. Sie hatte die beiden Verurteilten und deren Bewacher auf den Vorplatz zurückdirigiert und die Gläser um sich auf dem Boden verteilt. Eines davon hielt sie in jeder Hand.

»Das reicht!« schrie sie und schwenkte drohend die Gläser. »Jetzt übernehme ich das Kommando. Ich habe genügend Molotowcocktails für euch alle! Wenn einer versuchen sollte, auf mich zu schießen, fliegt das ganze Lager in die Luft!«

Mit offensichtlicher Befriedigung sah sie sämtliche Kameras auf sich gerichtet. Einige Organisatoren kamen zum Platz gelaufen.

»Auf euch hab ich gewartet«, schrie Zdena ihnen heiter entgegen.

»Na, na, Zdena, wer macht denn so was!« schallte eine väterliche Stimme durchs Megaphon über den Platz. »Du stellst jetzt ganz brav die Dinger da ab und kommst zu uns rüber, dann unterhalten wir uns mal!«

»He, Sie da!« schrie sie zurück. »Ich heiße Kapo Zdena, und Sie sagen gefälligst Sie zu mir! Und bedenken Sie, daß so ein Molotowcocktail hochgeht, wenn das Glas zerbricht.«

»Was sind Ihre Forderungen, Kapo Zdena?« ließ sich jetzt eine etwas eingeschüchterte Stimme vernehmen.

»Forderungen gibt's nicht, ich habe jetzt die Befehlsgewalt, alles hört auf mein Kommando! Das ist das Ende von dieser Scheißsendung. Alle Gefangenen sind sofort und ohne Ausnahme zu entlassen!«

»Hören Sie, Kapo Zdena, das ist doch nicht Ihr Ernst!«

»Und ob das mein Ernst ist!« rief Zdena. »So sehr, daß ich die Führer dieses Landes hier sehen will. Und die Armee!«

»Die Armee?«

»Die Armee. Es gibt doch eine Armee in diesem Land! Der Staatschef soll sie herschicken, vielleicht wird ihm dann vergeben, daß er die ganze Zeit Däumchen gedreht hat, während die Häftlinge hier krepiert sind.«

»Beweisen Sie uns, daß Ihre Molotowcocktails echt sind!«

»Riechen Sie mal!« grinste Zdena und öffnete ein Glas. Ein Schwall von Benzingestank und anderen, gefährlicheren Gerüchen entwich daraus. Die Umstehenden hielten sich die Nase zu. Zdena schraubte den Deckel wieder zu und rief:

»Ich liebe diese Mischung aus Benzin, Schwefelsäure und Kali, aber wie's aussieht, teilen nicht alle meinen Geschmack.«

»Sie bluffen doch nur, Kapo Zdena! Wie hätten Sie denn an Schwefelsäure kommen sollen?«

»Es gibt hier im Lager genug alte Lastwagen, und in den Batterien steckt jede Menge Schwefelsäure.«

»Ich erfahre soeben von einem Experten, daß die Flüssigkeit unten bräunlich sein müßte und nicht dunkelrot wie in den Gläsern.«

»Ich lasse es ihn mit Freude testen, damit er mir nachher erzählen kann, ob er sich auf klassische Weise in ein Puzzle verwandelt hat. So ein Molotowcocktail ist doch was Schönes, oder? Diese verschiedenen Flüssigkeiten, die sich gar nicht mischen wollen … und dann genügt der Kontakt mit einem in Kali getauchten Fetzen, und bumm!«

Zdena war in ihrem Element. Sie spielte die Rolle ihres Lebens, sie jubilierte.

Pannonica betrachtete sie lächelnd.

Als die Armee den Drehort von »Konzentration« umstellt hatte, öffneten die Kapos die Tore. Teams aller Fernsehsender filmten den Zug der ausgemergelten, stummen Gefangenen, die aus dem Lager kamen.

Der Verteidigungsminister stürzte begeistert auf Zdena zu, um ihr die Hand zu schütteln. Doch Zdena hielt ihre Gläser fest und forderte eine schriftliche Vereinbarung.

»Was denn?« fragte der Minister. »Ein Vertrag?«

»Sagen wir ein Vertrag, der Sie zum Eingreifen verpflichtet, falls irgendein Fernsehsender je wieder so was plant.«

»So eine Sendung wird es nie wieder geben!« protestierte der Minister.

»Ja, ja, aber man kann ja nicht vorsichtig genug sein«, sagte Zdena und schwenkte ihre Molotowcocktails.

Der Sekretär des Ministers fertigte auf der Stelle den Vertrag aus. Zdena stellte ein Glas ab, um zu unterschreiben, dann hob sie das Dokument hoch und hielt es in die Kamera.

»Zuschauer, Sie alle sind Zeugen für die Existenz dieses Vertrags!«

Sie ließ den Kameras Zeit für den Zoom auf den Text und dem Publikum Zeit zum Lesen. Dann nahm sie all ihre Gläser in die Arme und ging auf Pannonica zu, die auf sie gewartet hatte.

»Sie waren genial«, sagte Pannonica, als sie gemeinsam das Lager verließen.

»Wirklich?« fragte Zdena mit selbstgefälliger Miene.

»Es gibt kein anderes Wort dafür. Soll ich Ihnen nicht beim Tragen helfen? Sonst lassen Sie womöglich ein Glas fallen, und es wäre doch schade, wenn jetzt noch etwas passiert.«

»Keine Gefahr. Angeblich steckt in alten Lastwagenbatterien wirklich Schwefelsäure, ich weiß nur nicht, wo.«

»Und was ist dann die rote Flüssigkeit?«

»Wein. Haut-Médoc. Das war das einzige, was ich kriegen konnte. Ich weiß nicht einmal, wie Kali aussieht, nur das Benzin war echt, für den Geruch.«

»Sie waren großartig.«

»Ändert das was zwischen uns?«

»Bisher hatte ich nur eine Ahnung. Jetzt ist sie zur Gewißheit geworden.«

»Und was heißt das konkret?«

»Es ändert nichts an unserer Vereinbarung.«

»Nichts? Du nimmst mich doch auf den Arm. Erst schmeichelst du mir, dann schmierst du mich an?«

»Nein, ich halte mich genau an das, was ich gesagt habe.«

»Was erzählst du da?«

»Sie haben heroisch gehandelt. Sie sind eine Heldin. Und Ihr weiteres Verhalten sollte dem angemessen sein.«

»Ich bin dir also egal.«

»Im Gegenteil. Ich habe die größte Hochachtung vor Ihnen und fände es unerträglich, wenn Sie mich jetzt enttäuschen.«

»Das ist doch ein Trick.«

»Sie verwechseln unsere Rollen. Ich war Ihnen gegenüber von Anfang an aufrichtig.«

»Ich habe ein Wunder vollbracht und ehrlich gesagt von dir dasselbe erhofft.«

»Das Wunder ist geschehen. Meine ganze Verachtung für Sie ist wie weggeblasen. Sie gehörten, das muß man schon sagen, zum Erbärmlichsten, was die Menschheit hervorgebracht hat, und gehören nun zum Erhabensten.«

»Hör auf damit! Du spinnst bloß rum. Ich bin doch jetzt nicht wer anders als vorher, wo ich so froh war, daß sie mich bei der Sendung als Kapo genommen haben.«

»Das ist nicht wahr. Sie haben sich grundlegend geändert.«

»Falsch! Ich hab nur alles getan, um dich zu kriegen. Es ist mir egal, ob ich gut bin. Das einzige, was für mich wichtig ist, bist du. Ich habe mich überhaupt nicht geändert.«

»Bereuen Sie es, daß Sie großartig waren?«

»Nein. Aber ich habe mir nicht gedacht, daß ich nichts davon habe.«

»Nur das ist wahres Heldentum.«

Mit niedergeschlagenen Augen ging Zdena weiter.

Zu Fuß durchquerten sie weite Landstriche eines unbekannten Europa. Lange marschierten sie so. Dann kamen sie in ein kleines Dorf.

»Gehen wir zum Bahnhof«, sagte Zdena. »Dort nimmst du den Zug in deine Stadt.«

»Ich habe kein Geld«, sagte Pannonica.

»Das zahle ich dir. Ich will dich nicht mehr sehen. Für mich ist das eine Prüfung. Du verstehst das nicht!«

Am Schalter kaufte Zdena eine Karte für Pannonica. Sie begleitete sie bis zum Bahnsteig.

»Sie haben uns das Leben gerettet. Sie haben gerettet, was auf dieser Welt noch an Menschlichkeit existiert«, sagte Pannonica.

»Ist schon in Ordnung, du brauchst dich nicht verpflichtet fühlen.«

»Das ist es nicht. Ich möchte der Bewunderung und Dankbarkeit Ausdruck verleihen, die ich für Sie empfinde, Zdena. Das ist mir ein Bedürfnis. Sie sollten wissen, daß Sie die wichtigste Begegnung meines ganzen Lebens waren.«

»Warte! Was hast du da gesagt?«

»Daß Sie die wichtigste Begegnung ...«

»Nein. Du hast mich bei meinem Namen genannt.«

Pannonica lächelte. Sie sah ihr in die Augen und sagte:

»Ich werde Sie nie vergessen, Zdena.«

Ein Schauer überlief Zdena vom Scheitel bis zur Sohle.

»Und Sie haben mich immer noch nicht bei meinem Namen genannt, Zdena, das wollte ich Ihnen auch noch sagen.«

Zdena holte tief Luft, tauchte ihren Blick tief in Pannonicas Augen, und als sie zu sprechen begann, war es wie ein Sprung ins Leere: »Ich bin glücklich zu wissen, daß es dich gibt, Pannonica.«

Von dem, was Zdena in diesem Moment empfand, sah Pannonica nur eine unbeschreibliche Welle, die Zdena durchlief. Dann stieg sie in den Zug und fuhr los.

Zdena nahm ihren langen Marsch ins Ungewisse wieder auf. Verwirrt von den Geschehnissen, bewegte sie sie im Geiste hin und her.

Irgendwann fiel ihr auf, daß sie immer noch die Ersatz-Molotowcocktails mit sich herumtrug.

Sie setzte sich an den Wegrand und nahm ein Glas in die Hände. ›Das Benzin und der Wein, die sich nicht vermischen können… eins schwimmt immer oben, egal was passiert‹, dachte sie, in ihre Betrachtung versunken. ›Irgendwie erinnert mich das an uns. Und ich will nicht wissen, wer von uns das Benzin ist und wer der Wein.‹

Sie stellte das Glas weg und hatte plötzlich das Gefühl, vor Bitterkeit zu zerspringen. »Du hast mir nichts gegeben, und ich leide!« wütete sie. »Ich habe dich gerettet, und du läßt mich verhungern! Ich werde hungern, bis ich tot bin. Und du findest das gerecht!«

Mit der ganzen Kraft ihrer Empörung schleuderte sie die Gläser nacheinander an einen Baum, wo sie zerbrachen. Zdena beobachtete die beiden Flüssigkeiten: Sie mischten sich nicht, versickerten aber in derselben Erde. Allmählich geriet sie darüber in eine Art schwärmerische Begeisterung und jubilierte schließlich wie eine Erleuchtete: »Du hast mir etwas gegeben, das besser ist als alles andere! Und was du mir gegeben hast, hat noch niemand einem anderen gegeben!«

Zurück im Jardin des Plantes, wo die ganze Geschichte angefangen hatte, sah Pannonica EPJ 327 auf einer Bank sitzen. Er schien auf sie zu warten.

»Wie haben Sie mich gefunden?«

»Paläontologie …«

Sie wußte nicht, was sie sagen sollte.

»Ich wollte Ihnen noch etwas sagen: Mein Name ist Pietro Livi.«

»Pietro Livi«, wiederholte sie. Sie war sich der Bedeutung dieser Offenbarung bewußt.

»Sie hatten recht«, fuhr Pietro Livi fort. »Ich habe Zdena falsch eingeschätzt. Aber die Krone gebührt Ihnen. Was geschehen ist, ist Ihr Verdienst. Nur Sie waren dazu fähig, diese Kreatur so umzudrehen.«

»Was wissen Sie denn davon?«

»Ich weiß, was ich erlebt und gesehen habe. Ich hatte unrecht, Zdena so zu verachten, um so mehr, als ich ihr sehr ähnlich bin. Sie gehen mir genausowenig aus dem Kopf wie ihr.«

Pannonica setzte sich zu ihm auf die Bank. Auf einmal empfand sie es als ein großes Glück, hier zu sein.

»Auch ich brauche Sie«, sagte sie. »Von jetzt an trennt uns ein tiefer Graben von den anderen. Sie wissen nichts, sie verstehen nichts. Manchmal wache ich mitten in der Nacht auf und ringe um Atem vor Angst. Ich schäme mich oft, überlebt zu haben.«

»Es ist, als hörte ich mich sprechen.«

»Wenn die Schuldgefühle zu stark werden, denke ich an Zdena und an das Wunder, das sie für uns vollbracht hat. Ich sage mir dann, daß ich mich ihres Geschenkes würdig erweisen muß.«

Pietro Livi runzelte die Stirn.

»Mein Leben hat sich durch Zdena sehr verändert«, fuhr sie fort.

»Wollen Sie die Paläontologie aufgeben?«

»Nein, man sollte immer zu Ende führen, was man angefangen hat. Aber ich frage jetzt bei jeder neuen Begegnung nach dem Namen der Person und wiederhole ihn.«

»Ich verstehe.«

»Und das ist noch nicht alles. Ich habe beschlossen, Menschen glücklich zu machen.«

»Ach«, sagte Pietro Livi, bestürzt von der Vorstellung, die hinreißende Pannonica könnte ihr künftiges Leben der Wohltätigkeit weihen. »Und wie sieht das aus? Werden Sie jetzt zur barmherzigen Schwester?«

»Nein. Ich lerne Cello.«

Er lachte erleichtert auf.

»Cello? Wunderbar. Und warum gerade Cello?«

»Weil es der menschlichen Stimme so ähnlich ist.«

Bitte beachten Sie
auch die folgenden Seiten

Amélie Nothomb im Diogenes Verlag

»Ein Nothomb-Buch ist immer: voller Anekdoten, Schwung und wörtlicher Rede. Schlau komponiert, humorvoll trocken, ein bißchen weise und sehr unterhaltsam.« *Jochen Förster/Die Welt, Berlin*

»So jung und so genial.«
Süddeutscher Rundfunk, Stuttgart

»Erstaunlich, wie profund und abgründig Amélie Nothomb erzählt.«
Christian Seiler/Die Weltwoche, Zürich

»Ein literarischer Superstar.«
Frankfurter Rundschau

»Wie herrlich kann Bosheit sein, wenn sie in guter Prosa daherkommt!« *Le Nouvel Observateur, Paris*

Die Reinheit des Mörders
Roman. Aus dem Französischen von Wolfgang Krege

Liebessabotage
Roman. Deutsch von Wolfgang Krege

Der Professor
Roman. Deutsch von Wolfgang Krege

Mit Staunen und Zittern
Roman. Deutsch von Wolfgang Krege

Quecksilber
Roman. Deutsch von Wolfgang Krege

Metaphysik der Röhren
Roman. Deutsch von Wolfgang Krege

Im Namen des Lexikons
Roman. Deutsch von Wolfgang Krege

Kosmetik des Bösen
Roman. Deutsch von Brigitte Große

Böses Mädchen
Roman. Deutsch von Brigitte Große

Attentat
Roman. Deutsch von Wolfgang Krege

Reality-Show
Roman. Deutsch von Brigitte Große

Viktorija Tokarjewa im Diogenes Verlag

Viktorija Tokarjewa, 1937 in Leningrad geboren, studierte nach kurzer Zeit als Musikpädagogin an der Moskauer Filmhochschule das Drehbuchfach. 15 Filme sind nach ihren Drehbüchern entstanden. 1964 veröffentlichte sie ihre erste Erzählung und widmete sich ab da ganz der Literatur. Sie lebt heute in Moskau.

»Ihre Geschichten sind seit jeher von großer Anmut, allesamt Kunst-Stückchen, die einem die Vorstellung von Leichthändigkeit suggerieren. Nicht jedoch von Leichtgewichtigkeit. Wenn sie uns ein Schmunzeln entlocken, dann liegt das daran, daß Viktorija Tokarjewa über einen ausgeprägten Humor verfügt und diese Gabe durchweg einsetzt. Es ist kein Humor der satirischen Art, eher eine sanfte Ironie, gewürzt mit einer Prise Traurigkeit und einem vollen Maß an mitmenschlichem Erbarmen.« *FAZ*

»Viktorija Tokarjewa erzählt ihre Liebesgeschichten mit einem solchen Witz und einer solchen Lebendigkeit, daß ich ganz entzückt davon bin.«
Elke Heidenreich

Zickzack der Liebe
Erzählungen. Aus dem Russischen von Monika Tantzscher

Mara
Erzählung. Deutsch von Angelika Schneider

Happy-End
Erzählung. Deutsch von Angelika Schneider

Lebenskünstler
und andere Erzählungen. Deutsch von Ingrid Gloede

Sag ich's oder sag ich's nicht?
Erzählungen. Deutsch von Angelika Schneider, Monika Tantzscher und Elsbeth Wolffheim

Der Pianist
Erzählungen. Deutsch von Angelika Schneider

Lampenfieber
Erzählungen. Deutsch von Angelika Schneider

Eine Liebe fürs ganze Leben
Erzählung. Deutsch von Angelika Schneider

Glücksvogel
Roman. Deutsch von Angelika Schneider

Jakob Arjouni im Diogenes Verlag

»Ein großer, phantastischer Schriftsteller, der genau und planvoll und lesbar schreibt.«
Maxim Biller/Tempo, Hamburg

»Seine Virtuosität, sein Humor, sein Gespür für Spannung sind ein Lichtblick in der Literatur jenseits des Rheins, die seit langem in den eisigen Sphären von Peter Handke gefangen ist.« *Actuel, Paris*

»Seine Texte haben Qualität. Sie sind ambitioniert, unaufdringlich-provokativ, höchst politisch.«
Barbara Müller-Vahl/General-Anzeiger, Bonn

»Arjouni weiß als Dramatiker genauso wie als Krimiautor, wie er Spannung erzielt, ohne platt zu wirken.«
Christian Peiseler/Rheinische Post, Düsseldorf

Happy birthday, Türke!
Ein Kayankaya-Roman
Auch als Diogenes Hörbuch erschienen, gelesen von Rufus Beck

Mehr Bier
Ein Kayankaya-Roman

Ein Mann, ein Mord
Ein Kayankaya-Roman
Auch als Diogenes Hörbuch erschienen, gelesen von Rufus Beck

Magic Hoffmann
Roman

Ein Freund
Geschichten

Kismet
Ein Kayankaya-Roman

Idioten. Fünf Märchen

Hausaufgaben
Roman

Chez Max
Roman
Auch als Diogenes Hörbuch erschienen, gelesen von Jakob Arjouni

Arnon Grünberg im Diogenes Verlag

»Alle seine Helden geben trotz aller Vergeblichkeit nie auf, der Obsession nachzuspüren: Der eine kreist um die Vorstellung, das Geschlecht eines Zwerges zu haben und wird darüber von Tag zu Tag kahler. In *Phantomschmerz* erliegt ein Schriftsteller den schönen Lügen, in *Monogam* sucht ein zur Liebe wild Entschlossener das absolute Begehren im Sex mit den unterschiedlichsten Frauen. In *Statisten* versuchen drei Freunde mit aller Wucht, Marlon Brando zu werden, und im Erstling *Blauer Montag* gondelt ein Nichtsnutz aus verquerem jüdischen Hause durch ein Dasein voller Huren, koscherer Küsse und Versuche, betrunken zu werden. Arnon Grünbergs Figuren wollen aber immer mehr als den reinen Rausch. Sie versuchen nebenbei auch noch, Menschen zu werden. Meistens bleibt es beim Versuch. Das macht aber nichts, wenigstens dem Leser nicht; dem ist es ein Vergnügen, den Irrläufern bei ihren Irrläufen zuzusehen.« *Anuschka Roshani / Tages-Anzeiger, Zürich*

Blauer Montag
Roman. Aus dem Niederländischen von Rainer Kersten

Statisten
Roman. Deutsch von Rainer Kersten

Phantomschmerz
Roman. Deutsch von Rainer Kersten

Der Vogel ist krank
Roman. Deutsch von Rainer Kersten

Gnadenfrist
Deutsch von Rainer Kersten

Der Heilige des Unmöglichen
Deutsch von Rainer Kersten

Unter dem Pseudonym
Marek van der Jagt

Amour fou
Roman. Deutsch von Rainer Kersten

Monogam
Deutsch von Rainer Kersten